遥かなる未踏峰

下

ジェフリー・アーチャー

戸田裕之 訳

PATHS OF GLORY
BY JEFFREY ARCHER
TRANSLATION BY HIROYUKI TODA

ハーパー
BOOKS

PATHS OF GLORY

BY JEFFREY ARCHER

Published by K.K. HarperCollins Japan, 2024

遥かなる未踏峰 下

おもな登場人物

ジョージ・リー・マロリー――チャーターハウス・スクールの教師
ルース――ジョージの妻
トラフォード――ジョージの弟。英国空軍の軍人
ガイ・ブーロック――ジョージの親友
ハワード・ソマーヴェル――医師
ノエル・オデール――地質学者
ジョージ・フィンチ――科学者。オーストラリア人
コティ・サンダース――ジョージの友人
ジョージ・フィンチ――オーストラリア人
ロバート・スコット――英国海軍大佐
フランシス・ヤングハズバンド――エヴェレスト委員会委員長
アーサー・ヒンクス――エヴェレスト委員会副委員長
ジェフリー・ヤング――エヴェレスト委員会事務局長
チャールズ・ブルース――英国陸軍の軍人
エドワード・ノートン――英国陸軍の兵士
ジョン・ノエル――カメラマン
ヘンリー・モーズヘッド――地図学者
サンディ・アーヴィン――登山家

第五部

地図のないところを歩く

一九二二年

36

一九二二年　三月二日　木曜

ジョージはティルベリーで汽船〈カレドニア〉上の人となった瞬間、自分が生涯を費やして準備してきた旅に乗り出そうとしているのだと自覚した。

ボンベイまでは五週間の船旅が予定されていて、遠征隊はその間《かん》を、お互いをもっと深く知り、肉体を強化し、チームとして一緒に行動する術《すべ》を学ぶことに費やした。毎朝、朝食前の一時間は甲板の内縁に設《しつら》えられた周回路を走ったが、先頭に立つのは常にフィンチだった。ジョージは足首にかすかな痛みを感じることがときどきあったが、自分自身にさえそれを認めようとしなかった。朝食のあとはジョン・メイナード・ケインズの『平和の経済的帰結』を読んで過ごしたが、毎日ルースへ手紙を書くことを犠牲には決してしなかった。

フィンチは高々度における酸素の使用についての講義を二度行ない、酸素の吸入装置を解体してから組み立て直し、互いの背中に背負わせて、ヴァルヴを調節して酸素の放出量を調整するという作業を、全員に忠実に繰り返させた。だが、本気でやっている者はほとんどいないようだった。ジョージはしっかり観察していたが、フィンチの話にはまったくいい加減なところがなく、にもかかわらず、大半の者は酸素を使うことに主義として不賛成だった。ノートンなど、酸素ボンベの重量はかなりのものであり、それだけで、その中身が提供してくれるかもしれない利点は帳消しにされると言っていた。

「あの山の頂上に立つためにこの忌々《いまいま》しい装置が必要だというどんな証拠があるんだ、フィンチ？」彼はほとんど詰問《きつもん》した。

「証拠はない」フィンチが認めた。「だが、二万七千フィートの高さで一歩も進めないとわかったら、その忌々しい装置に結局は感謝することになるんじゃないのか？」

「おれは引き返すほうがいいな」ソマーヴェルが言った。

「登頂を放棄するのか？」フィンチが不満げに問い質《ただ》した。

「それが代償なら、そうなっても仕方がない」オデールは譲らなかった。

酸素の使用にはジョージも反対だったが、口に出しては何も言わなかった。フィンチが間違っているかどうかはどのみちわかることだし、いまここでおれが結論を出すよう期待されているわけではない。その考えは紛《まが》いようのない怒鳴り声にさえぎられた。「体育の時間だぞ！」

全員がどっこいしょとばかりに立ち上がり、ブルース将軍の前に三列に並んだ。将軍は両手を腰に当てて仁王立ちしたままで、手本を見せるつもりなどまるでなかった。

一時間の激烈な訓練を終えると、将軍は朝の一杯を楽しむために船室へ姿を消し、残された者たちはそれぞれに自由な時間を過ごすことを許された。ノートンとソマーヴェルはデッキ・テニスに興じ、オデールは上梓《じょうし》されたばかりのE・F・ベンソンの小説を腰を落ち着けて読みだした。ジョージとガイは胡坐《あぐら》をかいて甲板に坐《すわ》り、ケンブリッジ大学の選手がパリ・オリンピックの百メートルで勝てるかどうかの議論を始めた。

「フェンナーズでエイブラハムズが走るのを見たことがあるんだが」ジョージは言った。「あいつは速いぞ、恐ろしく速い。だけど、ソマーヴェルが言うには、リデルというスコットランド人がいて、そいつはいままで負けたことがないんだそうだ。だから、二人が相まみえることになったら、一見の価値は十分にあるだろうな」

「どっちが金メダルを取るかがわかるまでには、おれたちも故郷《くに》へ帰れるんじゃないかな。事実」ガイがにやりと笑って付け加えた。「それが帰国を急ぐ格好の口実になる――おい」彼はジョージの肩の向こうを見ていた。「あいつ、今度は何を企《たくら》んでいるんだ？」

ジョージがくるりと振り返ると、フィンチが腕組みをし、脚を踏ん張って、もくもくと黒煙を吐く煙突を見上げていた。

「いかにあいつでも、そんな馬鹿なことは考えないだろう……」

「いや、あいつならわからんぞ」ジョージは言った。「みんなから一歩抜け出すためなら、何だってやるんじゃないか?」

「あいつはみんなのことなんか眼中にないんじゃないのか?」ガイが言った。「頭にあるのは、おまえに勝つことだけだろう」

「そうだとしたら」ジョージは答えた。「船長に談判申し上げるほうがいいだろうな」

ジョージは毎日ルースに手紙を書いていたが、その一通で、自分とフィンチはいつも、まるで先生の気を惹《ひ》こうとする二人の子供のように張り合っていると書いた。この場合の先生とはブルース将軍であり、ジョージは妻にだけこっそりと、〝その先生は老いぼれかもしれないが馬鹿ではなく、自分たちは彼を遠征隊長として喜んで受け入れている〟と打ち明けた。そして、一息入れてルースの写真を眺めた。剃刀《かみそり》を忘れ、靴下は一足しか持ってこなかったとしても、今回はその写真を持ってくることは忘れなかった。彼はふたたびペンを走らせた。

ぼくはいまでも時間の大半を、果たしてこの遠征に同行したのは正解だったのだろうかと考えながら過ごしている。だって、グイネヴィア（アーサー王伝説。アーサー王の妃でランスロットの愛人。二人の許されざる恋が原因で円卓の騎士団は崩壊する）が見つかったのに、どうして聖杯を探しに行くんだ？　きみのいない一日は常に無駄な一日だと、ぼくはようやく気づきはじめたよ。これを最後にこの悪魔を未来永劫《えいごう》追い払いたいとぼくが願っていることを、神はご存じだ。だとすれば、ぼくはザ・ホルトへ帰って、残りの人生をきみと子供たちとともに過ごすことができるはずだ。本当の気持ちを文字に置き換えるのが難しいのはよくわかっているが、お願いだから、何とかしてきみの本当の気持ちを知らせてほしい。

きみの愛する夫

ジョージ

ルースはその手紙を一度読み、もう一度読んだ。ジョージが遠征に出発する前に三度目の妊娠を伝えなかったのが正しかったかどうか、いまもって自信がなかった。彼女は窓際《まどぎわ》の椅子を立つと、小振りな書き物机のところへ行って返事を認《したた》めはじめた。夫の最後の質問に、一点の曇りもなく誠実に答えるつもりだった。

愛《いと》しい人

あなたが家を空けるたびに自分がどういう気持ちになるか、それを正確に伝えることは、これまでもこれからも、できそうにありません。でも、今度もあなたが西部戦線やアルプスへ行っていたときの気持ちと大差はなく、あのときと同じように、毎日、毎時間、あなたは無事だろうか、あなたと再会できるだろうかと考えて過ごしています。それは今度も同じです。ときどきほかの奥さんたちが羨ましくなるときもあります。だって、偉大な戦争《グレート・ウォー》なんていかさまな呼び方をされている戦争からご主人が五体満足で帰ってくるなんて幸運に恵まれ、きっと生きているあいだは二度とあんな不安な思いをしなくてすむんですもの。

あなたと同じく、わたしも今度の遠征が成功裡《せいこうり》に終わることを心から願っています。でもそれは、こんな試練はもう二度と味わいたくないというわがままな思いからでもあります。あなたにはたぶん想像もつかないくらい、あなたがいなくて寂しい思いをしているんです。本当にあなたにいてほしい、あなたの穏やかなユーモアに触れていたい、優しさに包まれていたい、あらゆることについて教えてほしい、でも、何よりも二人だけのときのあなたの愛と情熱が、切ないほどに懐《なつ》かしいんです。起きているときはいつも、あなたが戻ってくるだろうか、子供たちは父親から寛容と情熱と知恵を学ぶことができないまま大人になっていくのではないだろうか、わたしは自分が愛することのできるたった一人の男性を失って年取っていくことになるのだろうかと、それればかり考えています。

あなたの忠実な妻

ルース

ルースは窓際の椅子へ戻ると、いま書いた手紙を読み返してから封筒に入れた。そして、車道《ドライヴウエイ》の向こうの開け放してある門を見つめ、あの小径《こみち》を颯爽《さっそう》と上ってくる夫の姿をもう一度見られるだろうかと、戦時中と同じように思案した。

将軍が最後の笛を吹き鳴らしても、ほとんど全員が大の字に倒れたままで、朝の肉体訓練からの回復を図ろうとした。ジョージは上半身を起こして甲板に目を走らせると、仲間の誰一人として自分に関心を持っていないことを確かめてから立ち上がり、自分の船室のほうへぶらぶらと歩いていった。

階段を下って客室甲板へ降りると船内通路を突っ切り、ちらりと後ろを振り返ってから

〈乗組員以外立ち入り禁止〉と書かれた扉を開けて、乗組員用の階段でさらに三層下の機関室へと降りていった。その分厚い扉を拳で叩くと、直後に一等機関士が姿を見せた。一等機関士は機関の轟音《ごうおん》に負けじと声を張り上げてまで話そうとはせず、うなずいて見せただけで、先に立って狭い通路を歩き出した。足を止めたのは、〈危険——立ち入り禁止〉と記された、頑丈な鋼鉄の扉の前だった。

彼はつなぎ服のポケットから大きな鍵を取り出し、解錠して扉を開けた。

「船長から私への命令はよくわかっています、ミスター・マロリー」一等機関士が怒鳴った。「あなたに与えられた時間は五分、それ以上はだめですからね」

ジョージがうなずき、扉の向こうへ姿を消した。

中央煙突のてっぺんに立っているジョージの姿を見るや、ガイは拍手を始めた。ノートンとソマーヴェルが、何事かとデッキ・テニスを中断した。オデールは顔を上げたとたんに本を閉じ、自分も拍手の仲間に加わった。フィンチだけがポケットに手を突っ込んで仁王立ちしたまま、何の反応も示さなかった。

「どうしてあんなことができるんだ?」ノートンが訝《いぶか》った。「あの煙突に触れただけで、りんごみたいにでかい火脹《ひぶく》れができること請け合いだぞ」

「それに、そこまで熱くないとしても」ソマーヴェルがやはり呆気《あっけ》にとられて付け加えた。

「あの表面を登るには吸盤が必要だろう」

フィンチは依然としてマロリーを凝視していたが、いまは中央煙突から黒煙が立ち昇っていないことに気づいて、いまだに笑いを止められないでいるブーロックを一瞥《いちべつ》した。その視線を煙突へ戻したとき、ジョージの姿は消えていた。

ジョージは煙突の内側の梯子《はしご》を下りながらも、毎週木曜の朝は機関の総点検が行なわれ、そのために煙突の一本が仕事を中断するという事実を、フィンチに教えるべきかどうか決めかねていた。

しばらくして中央煙突がふたたび黒煙を吐き出しはじめ、登山隊の全員がまたもや盛大な拍手と歓声をもってそれを迎えた。「おれにはいまだにわからんな」ノートンはまだ訝っていた。

「おれには」オデールが言った。「マロリーがミスター・フーディーニ（ハンガリー生まれの脱出術を得意とする奇術師）をこっそり乗船させていたとしか考えられないな」

全員が爆笑したが、フィンチだけは依然として黙っていた。

「さらに言えば、あいつは酸素の助けなしであそこまで登り切ったみたいだぞ」ソマーヴェルが付け加えた。

「どうしてそんなことができたんだ？」ガイがにやにや笑いをしっかりと顔に貼りつけた

まままで訊《き》いた。「われらが化学の先生が何か仮説をお持ちではないかな？」

「そんなものは持っていないが」フィンチが応えた。「しかし、一つ言えることがある。それはマロリーをもってしてもエヴェレストの内側は登れないということだ」

ルースは手紙を手にして窓辺に坐り、嘘《うそ》も隠しもない直截《ちょくせつ》的な誠実さは夫の心を惑わす結果にしかならないのではないかと迷いはじめていた。そして、何分か熟考したあと、その手紙を細かく引き裂いてちろちろと燃えている暖炉にくべ、ふたたび机に戻って手紙の書き直しに取りかかった。

最愛のジョージ
ザ・ホルトに春がきました。水仙が満開です。実際、こんなに庭が美しく見えたことはかつてないぐらいです。すべてはあなたが願っているとおりに進んでいると思います。子供たちは元気です。クレアがあなたに詩を書いたので、それを同封します
……。

37

汽船〈カレドニア〉がボンベイに着いたとき、真っ先に下船したのはブルース将軍だった。アイロンをかけたばかりの半袖カーキ・シャツに、きちんとプレスしたカーキのショート・パンツというでたちで、それは暑い地方で任務につくイギリス陸軍の標準の服装になっていた。将軍はまた、ベイデン‐ポウェル卿はボーイ・スカウト運動の制服を決めるときに自分のこの服装を手本にしたのであって、自分がベイデン‐ポウェル卿の決めたボーイ・スカウトの制服を真似《まね》したのではないと、飽きもせずにジョージたち遠征隊のメンバーに繰り返していた。

ジョージも将軍のすぐあとにつづいて船を降りたが、ゆらゆら揺れるタラップを下っているときに、早くも驚かされたのが匂いだった。地球上のどれとも違う、香辛料のような、刺激のある、東洋の匂い、とキプリングが描写したものである。その次にジョージを打ったのが——打つという形容がまさに当てはまった——強烈な暑さと湿気だった。チェシア出身の青白い顔をした青年には、それがまるでダンテの描く煉獄《れんごく》のように感じられた。三つ目は、将軍がこの遠く離れた土地でかなりの力を持っているとわかったことだった。

遠征隊長に挨拶をしようと、タラップの下で二つのグループが待っていた。その二つのグループはそれぞれ離れて固まっているだけでなく、これ以上ないほど対照的だった。最初のグループの三人は見るからに、〝外国に駐在しているイギリス人〟で、現地人に溶け込もうとしていなかったし、この過酷な気候にもかかわらず、まるでタンブリッジ・ウェルズのガーデン・パーティにでも出かけるような服装は、自分たちと現地人が同等だと多少でも思われる恐れを断固拒否しているということのようだった。

波止場に降り立った将軍を、その三人のうちの一人が出迎えた。ダーク・ブルーのスーツに白いシャツ、堅襟《スティック・カラー》、ハロー校の出身であることを示すネクタイといういでたちの、長身の若者だった。

「ラッセルと申します」彼は一歩前に出て名乗った。

「おはよう、ラッセル」将軍は応え、共通しているのは出身校を示すネクタイだけであるにもかかわらず、旧知の間柄のような握手をした。

「インドへようこそお帰りくださいました、将軍」ラッセルが言った。「私は総督の専属秘書をしています。こちらは総督の副官のバークリー大尉《たいい》です」将軍が波止場に立ってからというものずっと直立不動をつづけている、完全正装に身を固めた、ラッセルよりも若そうな軍人が敬礼した。将軍も敬礼を返した。三人目の男は運転手の制服を着て、磨き上げたロールスーロイスの横に立っていたが、紹介はされなかった。「将軍ご一行を今夜の晩餐《ばんさん》に招待したいと総督が申しております」

「喜んで受けるべきだろうな」将軍が応じた。「それで、サー・ピーターは何時にわれわれを接見したいと言っておられるのかな?」

「七時に公邸でレセプション、八時から晩餐という予定になっております」ラッセルが答えた。

「服装規定は?」と、将軍。

「勲章付きの正装でお願いします」

わかった、と将軍はうなずいた。

「将軍からの要請どおり」ラッセルがつづけた。「パレス・ホテルに十四室、部屋を確保いたしました。それから、みなさんがボンベイに滞在されるあいだ、自由に使っていただくのに不自由のない数の車も揃《そろ》えておきました」

「そこまで手厚く遇してもらえるとはありがたい限りだ」将軍が感謝した。「ところで、とりあえず遠征隊員をホテルへ案内して部屋を割り当て、食事をさせてやってくれないか」

「もちろんです、将軍」ラッセルが応えた。「それから、総督からこれを預かって参りました」そして、かさばった茶封筒を差し出した。将軍はそれを受け取ると、まるで自分の専属秘書であるかのように、ジョージにその封筒を手渡した。

ジョージは苦笑しながら封筒を小脇に挟んだ。フィンチを含めた全員が畏敬の沈黙をもってそのやりとりを見守っていて、ジョージもそれを意識しないわけにはいかなかった。

「マロリー」将軍が言った。「ちょっと私に付き合ってくれ。ほかの者はホテルへ連れていってもらえ。よろしく頼んだぞ、ラッセル」そして、総督の専属秘書に言った。「では、今夜のレセプションで会おう」

まるで小国の王族に対するかのように、ラッセルが一歩下がってお辞儀をした。

将軍はもう一つのグループに向き直った。彼らもやはり三人だったが、前のグループとの共通点はそれしかなかった。

三人とも地元民で、丈の長い涼しそうな白いガウンを着て白いサンダルをはき、ミスター・ラッセルが総督に代わっての堅苦しい歓迎を終えるのを、辛抱強く待っていたのだった。いま、リーダーらしき人物がようやく前に進み出て、合掌《がつしよう》しながら深々と頭を下げた。

「ごきげんよう《ナマステ》、将軍閣下《ジエネラル・サヒブ》」

ブルース将軍はそのインド軍司令官に握手も答礼もせず、一切の前置きなしで訊いた。

「電報は受け取ってもらえたかな、クマル」

「はい、将軍閣下。指示はすべて、文字通りに実行してあります。十分に満足していただけると自信を持っております」

「その答えはいずれわかるだろう、クマル。私が〝物〟をあらためたらすぐにな」

「もちろんです、将軍」クマルがふたたびお辞儀をした。「では、よろしかったら同道いただけますか?」

クマルをはじめとする三人のインド人は、ブルース将軍を案内して、人や人力車、何百台ものローリーやハーキュリーズの自転車でごった返す通りを突っ切っていった。公道だというのに満ち足りた顔で反芻《はんすう》する牛の姿も散見されるなかを将軍が颯爽と歩いていくと、その行く手にいる群衆が、まるでモーゼが紅海を渡ってでもいるかのように二つに割れて道をあけた。ジョージは後れをとるまいと将軍を追いかけ、次には何が現われるかを好奇心満々で知ろうとしながら、同時に、エキゾティックな商品を売ろうと声を張り上げる露店商人の耳慣れない言葉を何とか聞き取ろうとした。そんな彼の鼻先に、ハインツのベイクト・ビーンズ、プレイヤーの煙草《たばこ》、スワン・ヴェスタのマッチ、タイザーの瓶入り飲料、エヴァレディの電池などが、ひっきりなしに突き出された。そのたびに丁寧に断わりを言いながら、ジョージはこの国の人々の活気とエネルギーに圧倒されるのを感じ、しかしその一方で、いま目の前にある貧しさに慄然とする思いだった。何しろ、商人よりも物乞いのほうがはるかに数が多いのだ。イギリスがガンジーをあたかも犯罪者のように扱いつづけているにもかかわらず、この国の人々がこの聖者《マハトマ》を予言者だと考える理由が、ようやくわかったような気がした。イギリスへ帰ったら、下級五年生にたくさんのことを教えてやれるだろう。

将軍は眼前に突き出される汚れた手も、施しを求める叫びも無視しつづけ、足取りをゆるめようともしなかった。インド軍司令官が先頭に立って入っていった広場には人があふれていて、だれでも自由に演説できるハイド・パークのスピーカーズ・コーナーと見まがうほどだったが、全員が好き勝手に口々に話し、誰一人聞いていないところが違っていた。その広場は周囲を未完成の建物に囲まれていて、知りたがりやほかにすることのない者が上階の窓から身を乗り出し、眼下で起こっていることを鳥瞰《ちようかん》しようとしていた。そのとき、ブルース将軍が〝物〟と言っていたものが、初めてジョージの目に入った。陽《ひ》に焼かれた埃《ほこり》っぽい地面の一画で、百頭のラバが調べられるのを待ち、その後ろに大勢の荷役夫が控えていた。

ジョージが一方に寄って見ていると、ブルース将軍がラバの検査を開始し、群衆はその動きの一つ一つを追っていった。彼はまずラバの脚と歯を調べ、何頭かにまたがって重さに耐えられるかどうかを確かめた。二頭が耐え切れずに膝をついた。一時間以上かけて、将軍が合格と判断した七十頭が選び出された。

次に、将軍は押し黙って何列にも並んでいる荷役夫にも、まったく同じ検査を行なった。まず脚を、つづいて歯を、そして何人かについては——ジョージがびっくりしたことに——その背中に飛び乗ってみることまでした。今回も、一人か二人が重さに負けて膝をついてしまった。それでも次の一時間が過ぎる前に、六十二人の荷役夫が、すでに選ばれていた七十頭のラバに加えられた。

ほとんど見ているだけで何もしていないにもかかわらず、ジョージは早くも頭から爪先まで汗をかいていたが、将軍は暑さを含めたすべての障害《しょうがい》を苦もなく乗り越えているようだった。

検査が完了するとクマルが一歩前に出て、要求の厳しい顧客に、二人の料理人と四人の洗濯夫を紹介した。ジョージがほっとしたことに今度は将軍も彼らの背中に飛び乗ったりはしなかったが、それでも、歯と脚の検査は怠らなかった。

すべてが完了すると、ブルース将軍はクマルを見て言った。「この荷役夫とラバが絶対に一人も、あるいは一頭も欠けることのないようにして、明朝六時に波止場に集合させてもらいたい。その時間にみんなが揃ったら、おまえに五十ルピーを進呈しよう」

クマルが笑みを浮かべてお辞儀をした。ブルース将軍はジョージを見て手を突き出した。封筒をよこせと言っているんだろうと考えて、ジョージはそれを手渡した。将軍は封筒を開けると五十ルピー紙幣を抜き取り、インド軍司令官に渡して、取引成立の確認の印とした。「それから、この男たちに伝えてくれ、クマル」彼は荷役夫を指さして付け加えた。「彼らには週に十ルピーが支払われる。われわれが三カ月後にふたたび船に乗るとき、まだ一緒にいてくれた者には、ボーナスとして全員に二十ルピーが支払われる」

「この上ない厚遇に対し、みなに代わってお礼を申し上げます、将軍閣下」クマルがさらに深くお辞儀をした。

「私のほかの要請に応じることはできたのか？」将軍が封筒をジョージに返しながら、インド軍司令官に訊いた。

「もちろんです、将軍閣下」クマルが笑みを大きくしながら答えた。

クマルの後ろに立っていた二人のうちの一人が進み出て、ブルース将軍の前で直立不動の姿勢をとると、履いていたサンダルを脱いだ。これから何が起こるのか、ジョージには見当がつかなかった。将軍はショート・パンツのポケットから巻き尺を取り出すと、その若者の頭のてっぺんから裸足《はだし》の足の裏までを計測した。

「おわかりになったと思いますが」クマルが満足そうに言った。「この若者の身長はきっかり六フィートです」

「そうだな。だが、彼は自分が何を期待されているかを理解しているのか?」

「もちろんです、将軍閣下。実を言うと、ひと月前からそのための準備にかかっているのですよ」

「それは何よりだ」ブルース将軍が応えた。「この若者が期待どおりだとわかったら、週に二十ルピーを支払う。さらに、ベース・キャンプに着いた時点で、ボーナスとして五十ルピーが支払われる」

インド軍司令官がまたもやお辞儀をした。

今度の遠征に身長六フィートの若者が必要な理由をジョージが訊こうとしたとき、将軍が三人の後ろに立っている男を指さした。彼はこれまで一言も言葉を発しておらず、背が低くがっちりした体格で、アジア人の顔つきをしていた。「あれはだれだ?」

その若者は前に進み出ると、クマルに紹介する暇を与えずに口を開いた。「私はシェルパのニーマです、将軍。将軍の専属通訳をさせていただきますが、ヒマラヤへ着いてからは、シェルパのリーダーも務めることになると思います」

「週に二十ルピーだ」将軍はそれだけ言うと、さっさと広場をあとにした。用件はすべて片づいたということだった。

将軍というのはだれでも、とジョージはいつもながらにおかしくなった。自分が歩き出したら必ずみんながつき従うものと思い込んでいるようだな。それが、戦いにおけるイギリスの勝利数が敗北数より多い理由の一つに違いない。ジョージはブルース将軍に追いつくのに数分かかったが、それはそこに集まっていたものの大半が、もっと気前のいいところを将軍が見せてくれるのではないかと期待して、あとを追って走っていたからだった。ようやく追いついたジョージに、将軍が素っ気なく言った。「現地人とは絶対に仲良くなるなよ。結局は後悔することになるからな」そして沈黙し、二十分後にパレス・ホテルの車道《ドライヴウエイ》へ入って、追ってきた群衆をそこに置き去りにするまで口を開かなかった。将軍が手入れの行き届いた庭園のなかを延びる小径を大股で歩いているとき、ジョージは三つ目の歓迎グループがホテルの階段の上に立っていることに気がついた。いつからあそこで待っていたんだろう。

将軍の足が、深い紫と金色のサリーをまとい、甘い香りのするハーブの粉を入れた小鉢を左手に持った若い美女の前で止まった。彼女は右手の人差し指にハーブの粉をつけると、その指先をそっと将軍の額に押しつけて、尊敬の赤い印をはっきりとそこに残してから後ろへ下がった。すると、今度はやはり伝統的な衣装をまとった別の若い女性が進み出て、将軍の頭に花輪を載せた。将軍が会釈《えしゃく》をして感謝を表わした。

その儀式が終わると、黒いフロック・コートにピンストライプのズボンをスマートに着こなした男性が現われた。「ようこそパレス・ホテルへお帰りいただきました、ブルース将軍」と、彼は挨拶した。「ご一行は海に臨んだ南翼へご案内させていただきました。将軍にはいつものスイートを用意させていただいております」そして脇へ寄り、賓客がホテルへ入る道をあけた。

「ありがとう、ミスター・カーン」将軍はチェックイン・デスクの前をそのまま通り過ぎ、おそらく自分のためにドアを開けて待ってくれているであろうエレヴェーターへと向かった。

ジョージもそのあとを追い、最上階に着いたときにまず目に入ったのが、ドレッシング・ガウンを着て廊下の突き当りに立っている、ノートンとソマーヴェルの姿だった。ジョージは笑顔で手を振り、もうちょっとしたらそっちへ行くからと合図した。「思うに、将軍」ジョージは言った。「これを最後に、三カ月は風呂とご無沙汰という仕儀になりそうですね」

「おまえはそうかもしれないな、マロリー」ブルースが応じた。ミスター・カーンが彼のためにクィーン・ヴィクトリア・スイートのドアを開けて待っていた。

王立地理学会がどうしてこの肥満短軀の退役軍人を遠征隊長にしようとこだわったのか、ジョージにはすでに理由が明らかになりはじめていた。

38

「すまないが、複数の手紙を投函《とうかん》したいんだが」ジョージは言った。

「もちろんでございます」と応えて、コンシェルジェが訊いた。「何通ほどでございましようか？」

「十七通だ」ジョージは答えたが、実は船が燃料と食糧を補給するために数時間ダーバンに寄港したとき、すでに十八通を投函していた。

「宛先はみな同じ国でしょうか？」コンシェルジェが当たり前のように訊いた。まるで毎日そういうことがあるかのようだった。

「ああ、実は住所も全部同じなんだ」今度はコンシェルジェも意外そうに眉を上げた。

「妻だよ」ジョージは説明した。「毎日彼女に手紙を書いていたんだが、たったいま船を降りて、ようやく……」

「承知しました。どうぞお任せください」コンシェルジェが請け合った。

「ありがとう」ジョージは礼を言った。

「おまえも総督のどんちゃんパーティに行くのか、ジョージ？」背後で声が訊いた。

振り返ると、ガイがやってくるところだった。「ああ、そのつもりだが」ジョージは答えた。

「それならタクシーに相乗りしよう」ガイが玄関へ向かいながら言った。

「今夜は豚のように貪り食ってやるんだ」そして、混雑する通りの障害物を縫って進む人力車のなかで付け加えた。「今夜を逃したらイギリスへ帰るまでご馳走《ちそう》はお預けだって、そんな気がしてならないんでね。もちろん、帰りにも総督が招待してくれるというんなら話は別だけどな」

「それはおれたちがエヴェレスト征服に成功した凱旋《がいせん》英雄として戻るか、凍傷にやられた失敗者として戻るかによるんじゃないか」ジョージは言った。

「どっちにしても、おれは無茶はしないんだ」ガイが言った。「サー・ピーターはインドで一番のワイン・セラーを持ってるとブルースが言っていたからな、それを聞いたらなおさらだよ」

完全正装の二人の兵士が直立不動の姿勢を取って敬礼で迎える前を通り、人力車は総督公邸の門を通り抜けた。マロリーとブーロックは人力車を飛び降りると高い木造のアーチをくぐり、装飾を凝らした大理石の長い廊下を歩いて、レセプション・パーティに招待された者たちの後ろについた。ブルース将軍が総督の隣りに立ち、遠征隊のメンバー一人一人を紹介していた。

「おまえ、いろいろと情報を仕入れているようだが、ガイ」ジョージはささやいた。「総督の隣りの若い女性はだれなんだ?」

「二人目の連れ合いだよ」ブーロックが答えた。「最初の奥さんは二年前に死んで、今度の——」

「ガイ・ブーロックを紹介します、総督」ブルース将軍が言った。「外務省に勤務しているのですが、長期休暇を取ってこの遠征に参加しています」

「今晩は、ミスター・ブーロック」

「それから、これがジョージ・マロリー、われらが登攀《とうはん》隊長です」

「では、エヴェレストの頂上に最初に立つ人類というわけだな」総督が心のこもった握手をした。

「こいつにはライヴァルがいるんです」ガイがにやりと笑った。

「ああ、そうだったな」総督が応えた。「私の記憶が正しければ、それはミスター・フィンチだ。早く彼に会いたいものだ。それから、妻を紹介しよう」

若いレディにお辞儀をすると、ジョージとガイは人の流れに押されるようにして混雑する部屋へ入っていった。そこにいるインド人は飲み物を運んでいる使用人だけだった。ジョージはシェリー・ワインを手に取ると、知った顔を見つけて近づいていった。

「今晩は、ミスター・マロリー」ラッセルが挨拶した。

「今晩は、ミスター・ラッセル」ジョージは挨拶を返した。「この赴任地は楽しいですか？」世間話をしなくてはならないときも、彼は決して気を許さなかった。

「もちろんです、常に楽しいですよ」ラッセルが答えた。「ただ、惜しいことに現地の人間がね」

「現地の人間がどうかしたんですか？」ジョージは冗談であってほしいと願いながら訊き返した。

「彼らは私たちを好いていないんですよ」ラッセルが小声で言った。「それどころか、ひどく嫌っていて、問題が生じてさえいるんです」

「問題ですって？」二人のところへやってきていたブーロックが訊いた。

「そうなんです。社会不安を煽《あお》っているかどでガンジーを投獄してからというもの――」何の前触れもなくいきなり途中で言葉が途切れ、ラッセルがぽかんと口を開けたまま、ジョージとガイの肩の向こうを見つめた。振り返った二人は、ラッセルが呆気にとられた原因を知った。

「あなたたちの仲間の一人ですか？」ラッセルがほとんど不快を露《あら》わにして訊いた。

「残念ながら」ジョージは認め、にやりと笑みがこぼれそうになるのを懸命にこらえながら、総督夫人とおしゃべりをしているフィンチを見た。カーキの開襟《かいきん》シャツに緑のコーデュロイのズボン、茶色のスエードの靴、そして、靴下をはいていなかった。

「まあ、そう目くじらを立てないで」ガイが軽口をたたいた。「普段のあいつなら、あんなに手の込んだ服装をしないんですから」

専属秘書は明らかに面白くない様子だった。「何という作法をわきまえない男だ」そのとき、フィンチの腕がすっとレディ・デイヴィッドソンの腰に回った。

ブルース将軍がほとんど小走りにジョージのところへやってくるのが見えたが、ジョージは動かなかった。

「マロリー」将軍が顔を真っ赤にして命令した。「あいつをここから連れ出せ。いますぐにだ」

「最善は尽くしますが」ジョージは応えた。「保証はできかねるかと――」

「おまえがいますぐあの男を連れ出せないというなら」将軍が言った。「私がやる。ただし、言っておくが、あまり目に心地いいものにはならないぞ」

ジョージは通りかかったウェイターに空のグラスを渡すと、人を掻《か》き分けてフィンチと総督夫人のところへ急いだ。

「マロリーにはもう会ったんですか、ソニア?」フィンチが訊いた。「私の唯一の本物のライヴァルですよ」

「ええ、さっき紹介してもらいました」総督夫人が答えた。フィンチの腕が腰に回っていることに気づかない振りをしていた。

「お邪魔をして大変申し訳ないのですが、レディ・デイヴィッドソン」ジョージは言った。「ミスター・フィンチと二人だけで話をする必要が生じまして。実はちょっと些細《ささい》な問題が起こったものですから」

そのあと、ジョージは何も言わずにしっかりとフィンチの肘をつかみ、急いで部屋から引っ張り出した。すかさずガイがレディ・デイヴィッドソンの隣りに立って、社交シーズンを迎えるにあたってロンドンへ帰るのかどうか、それを話題におしゃべりを始めた。

「それで、些細な問題とは何なんだ?」廊下へ出たとたんにフィンチが訊いた。

「おまえだよ」ジョージは応えた。「いい加減に気がついたらどうなんだ? 将軍はいまごろ、おまえを銃殺するための志願者を募っていかねないんだぞ」そして、フィンチを連れて玄関を出、車道《ドライヴウェイ》へ向かった。

「どこへ行くんだ？」フィンチが訊いた。

「ホテルへ帰るのさ」

「だけど、晩餐会はどうするんだ」

「いまのおまえには晩餐会なんかどうでもいいんだよ」

「おれをあそこから連れ出すよう言われたんだな？」人力車に押し込まれながら、フィンチが言った。

「まあそんなところだ」ジョージは認めた。「おれたちが総督のささやかな夕べに招待されるのも、これが最後になるんじゃないのか？」

「それはおまえの考えだろう、マロリー。もしおれとおまえがあの山の頂上に立ったら、おまえがふたたび総督と晩餐をともにするのは間違いないだろ？」

「だけど、おまえも一緒とは限らんぞ」

「そりゃそうだろう。おれは二階の総督夫人の部屋にいるんだから」


　ドアにノックがあったような気がしたが、夢を見ている可能性もあった。もう一度、今度はもう少し大きな音が聞こえた。「どうぞ」ジョージは半ば眠ったままで返事をした。片目を開けると、将軍が見下ろしていた。まだ軍服のままだった。

「おまえはいつも窓を開けたまま床で寝るのか、マロリー?」将軍が訊いた。

ジョージはもう片方の目も開けて答えた。「ここか、ヴェランダか、どちらかです、将軍」そして、身体《からだ》を起こしながら付け加えた。「二万七千フィートで、小さなテントにフィンチと二人で寝るのと較《くら》べると、ここは天国ですよ」

「まさにその話をしたかったんだ」将軍が言った。「フィンチは次の船でイギリスへ帰ることになった。そう決めたのは私だが、まず最初におまえに知らせるべきだろうと思ってな」

ジョージはシルクのドレッシング・ガウンを着て、部屋に一つしかない坐り心地のいい椅子に腰を下ろした。そして、ゆっくりとパイプに煙草を詰め、時間をかけて火をつけた。

「今夜のフィンチの振る舞いはまったく言い訳のしようのないものだった」将軍がつづけた。「そして、いま気がついた——あいつを遠征隊に加えることに賛成すべきではなかったとな」

ジョージはしばらくパイプをふかしたあとで、静かに口を開いた。「将軍、遠征隊のだれであろうと、私に相談なくイギリスへ送り返す権限はあなたにはありませんよ」

「だから、いま相談しているではないか、マロリー」将軍が言った。一言発するごとに声が大きくなっていった。

「いや、相談してもらっているとは思えませんね。なぜといって、夜の夜中に私の部屋に押し入り、フィンチを次に乗れる船でイギリスへ送り返すことにしたと通告しただけじゃありませんか。私の知る限りでは、そういうやり方は相談ではありません」

「マロリー」将軍がさえぎった。「いまさら改めて念を押す必要はないと思うが、この遠征全体の責任を負っているのは私だ。遠征隊のだれであろうと、どうするかを最終的に決めるのは私なんだ」

「それなら、この遠征はあなた一人でやることになりますよ、将軍。なぜなら、あなたがフィンチをイギリス行きの船に乗せたら、私を含めて私の隊の全員が、彼と一緒に乗船するからです。きっと王立地理学会は、あなたが童謡に歌われているヨーク公爵《こうしやく》と違って、丘のてっぺんまでもわれわれを連れていけず、ましてや下りることすらもさせられなかった理由を、何としても知りたがるでしょうね」

「しかし、そうだとしても――」将軍が慌てて反論しようとした。「あれがレディの遇し方でないことには、きっとおまえも同意してくれるはずだな、マロリー。相手が総督夫人とあればなおさらだ」

「フィンチが困ったやつだということは」ジョージは言った。「だれよりもこの私が一番よく知っていますし、あいつがだれであれ次の社交シーズンにデビューする女性に礼儀作法を教えたりできないこともわかっています。しかし、あなたが彼の代わりをするつもりがないというのであれば、とりあえずベッドに入ったらどうですか？　ありがたいことに、少なくともこれから三カ月は、フィンチも一切のカクテル・パーティに顔を出さないわけだし、ヒマラヤまでの途中でこれ以上レディと出くわすこともないでしょうからね」

「もう一度考えてみるしかないようだな、マロリー」将軍が踵《きびす》を返した。「朝になったら、どう決めたかを教えよう」

「将軍、私は国王の金に必死にありつこうとしている荷役夫ではないんです。ですから、次の船で全員がイギリスに帰ることになったと知らせるために隊員全員を起こすのか、それとも、これまでで最も過酷な旅に出る前に休息を取らせてやっていいのか、いまここで、それを私に教えてください」

将軍の顔がますます赤くなった。「そんなことは勝手に自分で考えろ、マロリー」将軍が吐き捨て、足取りも荒く部屋を出ていった。

「ああ、主よ」ジョージはドレッシング・ガウンを脱いで床に横になりながら言った。「どうか教えてください、私は何であれフィンチの役に立ってやったのでしょうか？」

39

一九二三年　四月十五日

最愛のルース

いよいよチベット国境へ向けての千マイルの旅が始まった。ヒマラヤの麓のシリグリまでは列車で行ったのだが、予定では六時間で着くはずだったのに、実際には十六時間もかかってしまった。お役御免になった古い列車はそのあとどうなるんだろうとよく考えたものだが、その答えがいまわかったよ。インドへ送られ、ふたたび現役としてよみがえるんだ。

というわけで、ぼくたちはみなグレート・ノーザン鉄道のカースル級――もっと正確に言えばウォリック・カースルだけど――蒸気機関車に押し込まれた。一等車の座席はいまや安物に取り替えられてしかも擦り切れ、三等車は依然として木のベンチのままで、しかも便所がついていないんだ。だから、駅へ着くと、列車から飛び降り、藪《やぶ》へ向かって一目散に走らなくてはならなかった。列車には家畜運搬車両も連結されていて、ブルース将軍がラバと荷役夫をそこに一緒に押し込めたものだから、動物も人間も、ともに不満たらたらだったよ。

バーケンヘッドからロンドンへの快適な旅と、ボンベイからシリグリへの旅とのあいだには、大きな違いが一つある。つまり、イングランドの北から南へ下る旅では窓を閉めて暖房をつけるけれども、ここでは鉄道会社が窓にガラスを入れていないにもかかわらず、車輪付きのオーヴンに閉じ込められて旅をしているんじゃないかと錯覚しそうになるんだ。


「ダディはどこにいるの？」クレアが訊いた。「いまどこにいるのか教えてよ」

ルースは手紙を置くとジョージが描いてくれた地図を床に広げ、娘たちと一緒にルートをたどろうとした。そして、ティルベリーからボンベイまで海を指で突っ切り、それから鉄道線をなぞって最後にシリグリにたどり着くと、ふたたび手紙を取り上げて娘に読んで聞かせはじめた。

シリグリで列車を降り、ダージリン・ヒマラヤ鉄道会社の小型版世界の不思議に出迎えられたときの驚きを想像してほしい。何しろ線路の幅が一メートルから二フィートへとずいぶん狭くなっているんだ。この独特の線路幅の狭さゆえに列車も当然小さくなるわけで、だから、その列車は地元で〈玩具の列車《トイ・トレイン》〉と呼ばれているというわけだ。

そのかわいらしい列車に乗り込んだとき――確かにベリッジやクレアにはちょうどいいだろうが――ぼくは小人国で目が覚めたときのガリヴァーのような気がしたよ。そのかわいらしい列車が、小さな図体《ずうたい》に似合わないやかましい音を立てながら、海抜わずか三百フィートのシリグリからダージリンまでの五十一マイルを、七千フィートも登っていくんだ。

あまりに勾配が急なので、機関車の前部緩衝器に人が一人坐り、どこまで高く登っても車輪が滑らないよう線路に砂をまきつづけなくてはならないと教えたら、子供たちなら目を輝かせるに違いない。

どのぐらい時間がかかったのかはよくわからない。なぜなら、新たな不思議を見逃すのが怖くて景色に見惚《みと》れるあまり、それ以外のことは一瞬たりと考えられなかったからだ。事実、われらの勇敢なカメラマンのノエル大尉にいたっては、それまでの経験にわれを忘れ、トゥングで機関車と人間の両方に給水するために停車しているあいだに列車の屋根に登ってしまい、最後までそこからシャッターを切りつづけたぐらいだ。もっとも、そんな勇気のないわれわれは、窓から外を眺めるだけで満足するしかなかったけどね。

七時間の旅のあと、ようやくダージリン駅に着いたとき、頭のなかには一つのことしかなかった。この小さなかわいらしい列車がベース・キャンプまでわれわれを運ぶことができれば、それだけで行程はどんなにか楽になるだろうとね。だけど、そんな幸運は望むべくもなく、列車を降りてまだ間もないうちにブルース将軍が命令を怒鳴る声が聞こえ、われわれはラバと荷役夫を整列させて、密林へ分け入ってチベット高原へ登っていく準備を整えた。

自分の荷物や装備を運ばせるために全員に一頭ずつラバが割り当てられたが、一日に少なくとも二十マイルを踏破する予定だったから、将軍だけは例外として扱われていた。夕刻にはできれば川か湖の近くにキャンプを設営したいと考えていた。なぜなら、泳げるかもしれないし、何よりも、そのあいだはありがたいことに、現地人より白人のほうを好んでいるように思われる蝿《はえ》や蚊、蛭《ひる》から逃れていられるからだ。

将軍は自分用の浴槽をラバ二頭を使って運ばせていて、毎日夕方の七時ごろになると、荷役夫が六人がかりで水を汲《く》み、薪《まき》を焚《た》いて湯を沸かして、それを浴槽に入れるんだ。いま手元に一枚の写真があるが、そこではわが遠征隊長は片手に葉巻、もう一方の手にブランディ・グラスを持って風呂に浸《つ》かっているよ。インドの密林で何週間か過ごすぐらいで、これまでずっとつづけていた習慣を変える理由はないと考えているらしい。

夕食は全員がトレッスル・テーブルを囲んで一緒にとるんだが、将軍は上座を占めて狩猟ステッキ（上部が開いて腰掛けになる）に座ることになっている。メニューはシチューとダンプリング（スープやシチューに入れる茹で団子）とほぼ決まっていて、めったに代わり映えしないが、一日の終わりにキャンプを設営するころには、メニューを云々《うんぬん》する気にもなれないぐらい腹が減っているんだ。

将軍は最高級のシャトーヌフ-デュ-パプを十二箱、それにポル・ロジェを六箱持ってきていて、最も頑強な二頭のラバにそれを運ばせている。そのワインを室温で保存できないというのが将軍の唯一の不満なんだが、毎日少しずつ気温が下がっているんだから、そう遠くない将来には、浴槽に氷を満たしてシャンパンを冷やせるようになるんじゃないのかな。

いまのところは全員が元気でいるみたいだ。ぼくも多少は熱が出たり具合が悪くなったりするんじゃないかと覚悟していたけれど、とりあえずは何カ所か蚊に刺されたのと、ちょっとひどい吹き出物ができたぐらいですんでいる。

すでに荷役夫が三人逃亡し、ラバが二頭、疲労で死んでしまった――これはクレアには言わないで。

それ以外は、荷役夫もラバも調子は悪くないみたいだ。シェルパのリーダーとも契約をすませたよ。ニーマという名前で、キングズ・イングリッシュを話すだけでなく、明らかに本物の登山家だ――裸足だけどね。

ソマーヴェルはいつもの通り、本当に頼もしい。全員が通り抜けなくてはならない辛苦に耐えているだけでなく、仕事量が増えることにも愚痴一つこぼさず、予備の医師としての仕事をこなしている。オデールは彼本来の活動に励み、新しいタイプの岩を日々発見している。ケンブリッジ大学に復帰した暁には、書棚に何冊も新刊が加わることと疑いなしだし、数多くの優れた講義をするだろうことも間違いない。

かわいそうなのはノートンで、六フィート四インチもの背丈があるせいで一番大きなラバをあてがわれ、それでも両足が地面に着いてしまうありさまだ。フィンチはいつも隊列の殿《しんがり》をつとめ――その点については、彼とぼくたちの意見が一致した――大切な酸素ボンベを用心深く見張っている。それがこの遠征の成否を左右すると、あいつはいまでも信じているんだ。ぼくは依然として懐疑的だけどね。

ぼくは高く登るにつれてみんながどう対応しているかを観察し、すでに、登攀隊の構成を考えはじめている。フィンチは自分がエヴェレストの最終アタック隊の一人に選ばれるものと思っているし、率直なところ、そうなったとしてもだれも驚かないだろう。ボンベイを発《た》って以来、彼と将軍は必要なこと以外言葉を交わしていない。しかし、世間で言われているとおり、ソニア事件も日がたつにつれて影が薄くなり、記憶の彼方《かなた》に消えはじめている。

思いがけない才能を持った遠征隊員がいることがわかったよ。ノエルが第一級のアルピニストだということは昔から知っていたけれど、まさかあれほどの腕を持った写真家で、映画制作者だとは夢にも思わなかった。今度の遠征が空前の優れた記録を残せることは、これで保証されたも同然だ。それに、もう一つ余禄《よろく》がある。ノエルは現地の言葉を操れる、数少ない隊員の一人なんだ。

ノエルが撮影している日課の一つは、彼がそれを記録していなかったら、だれにも信じてもらえないだろう。きみはたぶん会ったことがないと思うけど、モーズヘッドは地図学者で、王立地理学会員としてその地域の詳細な地図を作成する責任を負い、しかも、距離を克明かつ正確に記録しなくてはならない。そのモーズヘッドを補助するために、将軍が一日二十ルピーで雇ったのが、身長がきっかり六フィートのインド人の若者なんだ。ぼくが帰国したら、きみ自身の目でフィルムを見ればわかるだろうけど、とりあえずその若者の仕事を説明してみようか。彼はまず地面にぴたりと横になる。そうするともう一人のシェルパが、距離を記録するために、その若者の頭のてっぺんがある地面に印をつける。身長六フィートの若者は立ち上がり、今度はさっきの印のところに両爪先（彼は裸足なんだ）を置く。その作業を何度も何度も、何時間も繰り返す。そうすることで、モーズヘッドはぼくたちがその日に踏破する距離（約二十マイル）を正確に測定できるというわけだ。ぼくの計算だと、その若者は横になったり立ち上がったりを、一日に一万八千回も繰り返しているはずだ。二十ルピーがそれにふさわしい稼ぎかどうかはだれにもわからないけどね。

マイ・ダーリン、そろそろ筆をおいてろうそくを消す時間だ。ぼくの小さなテントはガイと共有だ。この遠征に旧友がともにいてくれるのは素晴らしいことだけど、きみが隣りにいてくれるのとは比べものにならないよ……。

「ダディはどこに着いたの？」クレアが地図を見下ろして訊いた。

ルースは手紙を畳むと、ふたたびクレアとベリッジの側《そば》に膝をつき、束の間地図をあらためてから――ジョージの手紙がザ・ホルトに着くには六週間から七週間かかっていたから、夫がいまどこにいるのか正確にわかるはずもなかったが——チュムビという村を指さした。そして、一番最近届いた手紙を開いた。


今日もいつも通り二十マイル稼いだけど、またラバが一頭死んで、とうとう六十一頭になってしまった。ラバの数が足りなくなり、ワインを取るか浴槽を取るかの選択をせざるを得なくなったら、果たして将軍はどっちを取るんだろう。

彼は毎朝六時に荷役夫を整列させ、不動の姿勢を取らせて、点呼を取る。今朝は三十七人しかいなかった。また一人逃げてしまったというわけだ。将軍は彼らを脱走兵と呼んでいるよ。

昨日、隊列を組んで歩いているとき、丘陵地帯の高みで仏教の修道院に出くわした。ノエルが撮影できるよう足を止めたら、礼拝中の僧侶の邪魔をしてはいけないと将軍に注意された。大口を叩くかと思えば、物識《ものし》りなところがあるし、妙な人物だよ。

苦労してでもイェレプ・ラまで登り着いたら今夜はそこにキャンプを張ると、ニーマはそう言っている。そこの高さは約一万四千フィートで、もう一つの山の頂上までもう少しのところだ。その山の頂上まで登れば、エヴェレストの姿がはっきりと見えるはずだ。明日は日曜で、将軍は日曜を休息日に指定しているから、荷役夫もラバも体力を回復する時間を持てるだろう。また、隊員のなかには読みかけのものを読み、故郷にいる愛する人へ手紙を書いたりする者もいるはずだ。ぼくはT・S・エリオットの『荒地』を読んでいるところだけど、白状すると、初めてエヴェレストを目にする可能性がほんのわずかでもあるのなら、明日はそのもう一つの山の頂上へ登ってみるつもりでいる。高さは二万一千フィートぐらいあるかもしれないとニーマが言っていたから、早起きしなくちゃならないだろう。その高さまで登った経験がないことは、シェルパのリーダーには内緒にしておいた。

「ダディが国境を越えさせてもらえなかったらどうなるの？」クレアがインドと中国を隔てている細い赤線に親指を突き立てた。

「引き返して、おうちへ帰ってくるだけよ」ルースは教えてやった。

「よかった」娘が応えた。

40

陽の出直前、ジョージはナップザックを背負い、片手にコンパス、もう一方の手にピッケルを持って、こっそりとキャンプを忍び出た。煙草を吸いに自転車小屋の陰へ行こうとしている生徒のような気分だった。

朝靄《あさもや》を透かして、頭上高くそびえる、もう一つの山の輪郭をぼんやりと見ることができた。出発地点へたどり着くには少なくとも二時間はかかるだろうと計算していると、耳慣れない音が聞こえた。足を止めてあたりを見回したが、何も普段と変わったところはなかった。

その山のもっと低い斜面に到着するころには、すでに複数の頂上までのルートが頭に浮かんでいた。どんな登山家でも、山を征服しようと企てるときに味わう最初の興奮は、どのルートを取るかを決めるときのそれだ。その選択を誤ると最悪の結果に終わる恐れがあるし、少なくとも、またの機会を期して引き返さなくてはならなくなるかもしれない。いまのジョージに、またの機会は望めなかった。

どういうルートが一番いいか判断し終えた直後、またもや耳慣れない音を聞いたような気がした。頂上を目指して登ってきた渓谷を見下ろすと、その半分は朝陽に照らされていたが、残る半分は山の影に包まれて暗く、まだ眠っているようだった。しかし、何であれ妙なものは見当たらなかった。

ジョージは選んだばかりのルートをもう一度チェックし、それから山の中腹の岩がちで荒れた地形を攻めはじめた。何度か障害物に行く手をさえぎられて方向を変えなくてはならなかったけれども、最初の一時間は順調に進むことができた。

いまや前方に頂上が見え、一時間もあればそこにたどり着けるだろうと思われた。最初の過《あやま》ちを犯したのはそのときだった。相手にしていた岩は行く手をさえぎっているだけでなく、パートナーの手助けがなくてはよじ登れないように見えた。結局挫折に終わった多くの苦い登山体験から、こういう場合は引き返して別のルートを選び直すしかないとわかっていたし、日没前にキャンプに帰り着くのであれば、見慣れない地平線の向こうに沈んでいく太陽を追いかける危険を冒せなくなるときがくるはずだった。

そのとき、ふたたび音が、今度はもっと近くで聞こえた。はっとして振り返ると、ニーマが近づいてきていた。ジョージは頬をゆるめた。シェルパのリーダーがあとを追ってきてくれたのがありがたかった。

「引き返して」ジョージは言った。「別のルートを探すしかないな」

「その必要はありませんよ」ニーマが言い、岩に飛びついたと思うと、両腕と両脚を見事に同調させて動かしながら、でこぼこの表面を苦もなくよじ登りはじめた。ジョージは自分でも間違いなく選んだはずのルートをたどっていくニーマを見守りながら、この男はこれまでにエヴェレストを見たことがあるのだろうかと訝った。やがて、シェルパのリーダーは岩を登り切り、あとを追ってこいと手招きする彼の腕しか見えなくなった。

ジョージはニーマのルートをなぞり、さっきは気づかなかった張り出しをつかんだが、そこからてっぺんまでまっすぐな小径が開けていた。この障害をあっさりと克服できたことによって、一時間あるいは二時間を節約できただけでなく、ニーマがジョージの登攀隊長になった。ジョージは間もなくニーマに追いつき、二人で頂上を目指した。ニーマはこの地形を明らかに熟知していて、ジョージは彼についていくのが精一杯だった。

頂上に着くと、二人は腰を下ろして北の方角を望んだが、すべては厚く層をなす雲に封じ込められていた。今日はチョモランマにお目見えできないことを渋々受け入れ、ナップザックを開けてケンダル・ミント・ケーキを取り出すと、二つに割って片方をニーマに差し出した。シェルパのリーダーはそれを受け取ったまま、ジョージが齧《かじ》りつくのをしばらく観察したあと、ようやく自分も口に入れた。

晴れる気配のない雲を肩を並べて見つめながら、ジョージは結論した――このシェルパは理想的な登攀パートナーだ。経験豊かで機略に富み、勇敢で寡黙だ。時計を見ると、日没までにキャンプに帰り着くにはそろそろ引き返さなくてはならなかった。ジョージは立ち上がると、時計をつついて、山の麓のほうを指さして見せた。

ニーマが首を横に振った。「まだ何分かは大丈夫ですよ、ミスター・マロリー」

どのルートを取るべきかについてニーマが正しかったこともあり、ジョージはもう一度腰を下ろして、あと何分か待つことにした。しかし、登山家には危険を冒すに値する見返りかどうかを判断しなくてはならないときがくる。ジョージの考えでは、そのときはすでに過ぎていた。

ジョージはふたたび立ち上がると、今度はニーマを待たずに下山を始めた。百五十フィートほど下ったと思われたあたりで、風が吹きはじめた。あたりを見ると、雲がゆっくりと動きだしていた。急いで踵を返すと、頂上で沈黙しているニーマのところへ戻った。そのとき、チョモランマがまるでサロメのように、七枚のヴェールのうちの四枚をすでに脱ぎ捨てていることに気がついた。

風が強さを増すにつれて、チョモランマがまた一枚ヴェールを脱ぎ、フランス・アルプスを思い出させる小さな山の連なりを露わにしたと思うと、さらにもう一枚ヴェールを脱いだ。これ以上の美しさがこの世に存在するとは到底信じられなかったが、その瞬間、一陣の風がヴェールの最後の一枚を吹き飛ばし、彼の思いが間違っていたことを証明して見せた。

ジョージは言葉を失ったまま、地球上で一番高い山を見上げつづけた。白く輝くエヴェレストの頂上が地平線を圧して聳《そび》え、それに較べれば、本来ならそれぞれに威容を誇っているはずの山々の頂《いただき》も、幼稚園の遊び場に等しかった。

ジョージは自分の強敵《ネメシス》を初めて間近に観察することができた。彼女の皺《しわ》を刻んだ額の下には、不均等な尾根と近づくこともできない絶壁からなる鋭いチベット人の鼻が突き出し、その下の大きな鼻孔からは、平地でさえ一歩も進めないほど強い風が吹き出している。しかも悪いことに――もっともっと悪いことに――この女神には二つの顔があった。

西側の顔の頬骨は、聳えるという言葉でジョージが想像できる高さをはるかに越えて天へと伸びる岩のてっぺんでできていて、東側の顔は、一年で一番陽の長い日でも決して溶けることのない、長さ一マイルに及ぶ氷を誇示している。気高い顔をほっそりとした首が支え、その下に花崗岩《かこうがん》の肩がある。大きな上半身から二本のしなやかで長い腕が伸び、その先に大きくて平たい手がくっついている。十本の細い指を見るまでは、その爪の一つにベース・キャンプを設営できるのではないかとかすかな希望を抱かせる手だ。

ジョージが振り向くと、ニーマも彼と同じ恐れ、尊敬、感嘆をもって、チョモランマを凝視していた。おれとニーマのどちらか一人が単独でこの巨人の肩まででも登ることができるかどうかさえ怪しいのに、とジョージは悲観した。あの凍った花崗岩の顔をよじ登るなんて論外じゃないのか?――いや、もしかして二人一緒なら……。

41

ボンベイで真夜中に言い争ったこともあって、ジョージはブルース将軍が自分を国境検問所へ信任状を提出する外交団に選んでくれたことにほっとした。

遠征隊十三人、荷役夫三十五人、ラバ四十八頭は、インドとチベットの国境の流れの速い川のそばに平坦《へいたん》なところを見つけて野営することになったが、ジョージもほかの隊員たちも、夕食のときに将軍の素晴らしいワインと葉巻を楽しみ、賑《にぎ》やかな夜を過ごした。

翌朝五時四十五分、完全正装の将軍が、黒革のアタッシェ・ケースを手にジョージのテントの前に立った。シェルパのニーマが民族衣装のバクをまとい、〈ロックス・オヴ・ロンドン〉と蓋に印刷された大きな黒い箱を持って、一歩後ろに控えていた。やがて、ジョージも総督のレセプション・パーティのときに着ていたスーツに出身校のネクタイを締めてテントから這《は》い出し、ブルースに随行して国境検問所へとキャンプをあとにした。

「さて、今日は何の問題も起こらないとは思うが、マロリー」将軍が言った。「万一誤解が生じたら、そのときには何であれ私に任せるんだぞ。過去にここの現地人と交渉して、連中の力量はわかっているからな」

ジョージは将軍が多くの強みを持っていることは認めたが、弱みの一つを目《ま》の当たりにすることになるのではないかと心配でもあった。

国境検問所へ着いたとたんに、びっくりすることになった。竹で造った小さな小屋が、厚く茂った下生えにカモフラージュされていて、どう見てもよそ者を歓迎しているようではなかった。さらに何歩か進んでいくと、兵士が一人、さらにもう一人、旧式のライフルをジョージたちのほうへ向けているのが見えた。敵意を露わにされているにもかかわらず、将軍の足取りはゆるまず、むしろ速くなったようでさえあった。もし死ぬのだとすれば、ジョージはどう考えても、山の下より上で死にたかった。さらに数歩進むと、インドとチベットを分かっている場所がはっきり見えた。そこは狭い小径を竹の遮断棒がさえぎっているだけで、土嚢《どのう》で強化した塹壕《ざんごう》にさらに二人の兵士が坐り、彼らもまた、接近してくるイギリス軍のほうへライフルの銃口を向けていた。それでも、将軍は怯《ひる》む気配も見せずにまっすぐ進んで小屋の階段を上がり、あたかもこの国境検問所が自分の指揮下にあるかのような態度で開け放しのドアをくぐっていった。ジョージは用心深く彼のあとにつづき、ニーマがすぐ後ろに従った。

小屋に入ると、将軍は木のカウンターの前で足を止めた。机についていた若い伍長《ごちょう》が、信じられないという目で三人を凝視した。口は開いたものの、言葉は失われたままだった。

「おまえの上官と話がしたい」将軍が吼《ほ》え、シェルパのニーマが穏やかな声で通訳した。

伍長が背後の小部屋に急いで姿を消し、ドアを閉めた。ややあってからそのドアがふたたび開いて、頰がこけて戦いに鍛えられた顔を持つ、小柄で痩せた男が姿を現わすと、まるで自分の私的領域を荒らされでもしたかのようにブルース将軍を睨《にら》みつけた。将軍はこの検問所の指揮官の階級が大尉に過ぎないと気づいて、苦笑しながら敬礼した。しかしチベット人大尉は敬礼を返すどころか、そのままニーマを見据えて、将軍を指さしながら自分の母語で訊いた。「私はパーリ地域のゾンペンだ。この男はだれだ?」

シェルパのニーマが〝この男〟を〝この紳士〟に置き換えただけで、それ以外は文字通りに通訳し終えると、将軍は間髪をいれずに応えた。「私はブルース将軍だ」そして、アタッシェ・ケースを開けて文書を取り出し、それを断固として机に置いた。「これはわがパーティがパーリ・ゾン地域に入ることを許可する公式書類だ」ゾンペンはニーマが将軍の言葉を通訳するのを待ち、そのあと書類をぞんざいに一瞥して肩をすくめた。「貴官にもわかると思うが」将軍は言った。「その書類すべてに、イギリス外務大臣であるカーゾン卿の署名がある」将軍はニーマが自分の言葉の通訳を終え、ゾンペンの質問を通訳するのを待った。

「あなたがカーゾン卿かと訊いていますが」

「そんなわけがないだろう」将軍は答えた。「この馬鹿者に言ってやるんだ、われわれの国境越えをいますぐ許可しなければ、私としては選択の余地がなくなって……」

今度はチベット軍大尉も通訳を待つ必要はなかったと見えて、ホルスターに収めた銃へさっと手を伸ばした。

「カーゾン卿が国境を越えることは許可するが、それ以外の者は一人も認めないそうです」ニーマが大尉の言葉を通訳した。

ブルース将軍が机を拳で殴りつけて怒鳴った。「この間抜けは私がだれだか知らないのか?」

ゾンペンの返事を待ちながら、ジョージは俯《うつむ》いて、長い帰国の旅のことを考えはじめた。将軍の言葉の意味が通訳されるあいだに曖昧になってくれることを望むしかなかったが、ゾンペンはすでにホルスターから拳銃を抜き、ニーマが通訳し終える前に将軍の頬に狙いをつけていた。

「イギリスへ帰れと将軍に言うんだ」チベット軍大尉が低い声で命じた。「どこであろうとこの検問所の近くにまた姿を現わしたら、そのときには部下に命じて、問答無用で射殺させるぞ。わかったか？」

その言葉をニーマの通訳を介して聞いたあとも、ブルース将軍はびくともしなかった。国境を越えられる可能性はなくなったようだが、とジョージは考えた。それでも生きてここをあとにしたいものだ。

「ちょっといいでしょうか、将軍」彼はささやいた。

「ああ、いいとも、マロリー」将軍が応えた。

チベット軍大尉の銃口がいまは自分の額を狙っているのを見て、やはり出しゃばるべきではなかったかと後悔しながらも、ジョージは正面から相手を見据えて言った。「わが国からあなたへ、友情の印として贈り物を持ってきているんですがね」

ニーマが通訳すると、ゾンペンはゆっくりと拳銃を下げてホルスターにしまい、両手を腰に当てた。「見せてもらおう」

ジョージは〈ロックス〉の箱を開けると、黒のホンブルグ帽を取り出してゾンペンに差し出した。チベット軍大尉はそれを受け取って頭に載せ、その姿を壁の鏡に映して、その日初めて笑みを浮かべた。「ゾンペンに伝えてもらいたい」ジョージはニーマに頼んだ。「カーゾン卿は毎朝ホンブルグ帽をかぶって出勤するし、イギリスの紳士はみなそうなんだとね」チベット軍大尉はそれを聞くと、机の向こうから身を乗り出して箱のなかを覗《のぞ》いた。ブルース将軍が腰を屈《かが》め、二つ目のホンブルグ帽を取り出して差し出すと、ゾンペンはそれを、今度は隣りに立っている若い伍長の頭に載せた。そして笑いを弾けさせると、箱をつかんで小屋を出、残っている十個のホンブルグ帽を警備兵に配りはじめた。

小屋へ戻ってきたゾンペンは、将軍が机に置いた書類をもう一度、今度はもっとしっかりとあらためはじめた。そして、最後のページにゴム印を捺《お》そうとしたとき顔を上げ、将軍に笑顔を向けながら、彼のハーフ－ハンターの金時計を指さした。これは父の形見だと将軍は説明しようとしたが、結局考え直して、何も言わずに時計をくれてやった。それを見て、ジョージは内心でほっと胸を撫《な》で下ろした。今朝あわてて出てきたせいで、ルースから誕生日のプレゼントとしてもらった時計を忘れたのだった。

ゾンペンの目はいまや、ブルース将軍の分厚い革ベルトへ、それから茶色の革靴へ、最後には膝丈の毛織の靴下へと移っていった。将軍が身ぐるみ剝《は》がれると、今度はジョージが標的になり、靴、靴下、そしてネクタイを持っていかれるはめになった。ゾンペンはいつ、どこで、ウィケミスト（ウィンチェスター・カレッジの在学生及び卒業生）のネクタイを締めるんだろうと訝ることしか、ジョージにはできなかった。

ゾンペンがようやく笑顔で入国許可書類の最後のページにゴム印を捺し、ブルース将軍に返却した。その書類をアタッシェ・ケースにしまおうとしたその瞬間、チベット軍大尉が首を横に振った。将軍はアタッシェ・ケースをそのままにして、書類は自分のズボンのポケットに押し込んだ。

靴と靴下とベルトを失ったブルース将軍が片手でズボンを押さえながらもう一方の手で敬礼すると、今度はゾンペンも敬礼を返した。ここへ着いたときの服装のまま小屋を出られたのは、シェルパのニーマだけだった。

一時間後、遠征隊がブルース将軍に率いられて国境へ向かうと、すぐに遮断棒が上がって、パーリ・ゾン地域へ入ることを認めてくれた。

ハーフ-ハンターの金時計で時間をあらためたゾンペンがホンブルグ帽を上げ、笑顔で将軍に言った。「ようこそ、チベットへ、カーゾン卿」

ニーマはそれを通訳しなかった。

42

一九二二年　五月四日

最愛のルース

ぼくたちは国境を越えてチベットへ入り、いまはヒマラヤへ近づいている。ここでは無数の山々が、自分たちの女王をまるで武装した警備兵のように取り巻いて守っていて、地元のゾンペンや、まして名前も聞いたことのないカーゾン卿の権威など、決して受け入れてくれそうもない。氷と寒さという素っ気ない出迎えを受けてはいるけれども、ぼくたちは戦いつづけているよ。

海抜約一万七千フィートにたどり着いてベース・キャンプを設営したときには、将軍もご機嫌だった。荷役夫（三十二人に減ってしまった）が何時間もかからないで、全隊員がみんなで使うテントを張ってくれた。ザ・ホルトの客間ぐらいだろうか、全隊員が坐って食事をとれるだけの広さがある。コーヒーやブランディが供されるころには、さらに十五のテントが張られ、全員がそのどれかで夜を過ごせるようになった。もっとも、ぼくのいう〝全員〟には、荷役夫もニーマも含まれていない。彼らはまだ戸外で眠るんだ。ごつごつした地面で、石を枕に身体を丸めるしかないというわけだよ。それでこの恐ろしく手強《てごわ》い山を征服する可能性がわずかでも高くなるなら、ぼくも彼らと一緒に寝てもいいんじゃないかと、ときどき思うことがある。

現地人を組織するとき、シェルパのニーマは実に貴重な存在だと証明されつつある。それは将軍もわかっていて、賃金を週三十ルピー（約六ペンス）に上げることに同意した。エヴェレストの斜面に着いたとたんに、自身が実はとても優れた登山家だということを証明してみせるだろう。彼がわれわれのだれにも引けを取らないだろうことは、フィンチも認めている。それが証明されたら、すぐに知らせるよ。

今夜、将軍からぼくへ、これからイギリスへの帰還が始まるまでのあいだの指揮権が公式に委譲されることになる……。

「国王陛下に」将軍がグラスを挙げた。
「国王陛下に」全員が声を合わせた。
「諸君、吸ってもいいぞ」将軍が椅子に深く背中を預けて、葉巻の先端を切った。

ジョージはほかの隊員とともに立ったまま、もう一度グラスを挙げた。「諸君」彼は言った。「チョモランマ、大地の母神に」

将軍がすっと立ち上がると、グラスを挙げている隊員たちに合流した。シェルパたちはエヴェレストに向かってひれ伏していた。

しばらくして、ジョージはグラスを叩いて静粛を求めた。指揮権はすでに委譲されていた。

「諸君」彼は口を切った。「まず真っ先にブルース将軍に感謝を表わすべきだと考える。全員が無事にここまでたどり着けたのは将軍のおかげだ」そして、ブルースを見てつづけた。「さしずめあなたなら、〝無事に〟のあとに、〝屈強かつ健康な状態で〟と付け加えられるんでしょうね」

「その通り《ヒア・ヒア》」隊員が口々に叫び、フィンチでさえそこに加われるのではないかと思うほどの気持ちの高ぶりが感じられた。

ジョージはテーブルの自分の前をあけると、防水地図を取り出して広げた。「諸君」彼は始めた。「現在地はここだ」そして、コーヒー・スプーンの柄で一万七千五百フィートを指した。「さしあたっての目標は、ここまで進むことだ」スプーンの柄が二万一千フィートまで移動して止まった。「できれば、ここに第三キャンプを設営したい。チョモランマ征服に成功するためには、そこから上に三つのキャンプを確保する必要がある。第四キャンプは二万三千フィートのノース・コル、第五キャンプは二万五千フィート、そして第六キャンプは二万七千フィート、頂上からちょうど二千フィート下だ。北東稜《りょう》に沿って登るか、あるいは、そこを迂回《うかい》して頂上に至るか、いずれにしても頂上へ連れていってくれるルートを見つけなくては成算はない。

しかし、とりあえずは」ジョージはつづけた。「この先に何が待ち受けているか、われわれにはまったくわからないことを肝に銘じてくれ。それを教えてくれそうな参考書も詳しい地図もないし、アルパイン・クラブのバーにたむろして、嘘か真実《まこと》かはともかく、過去の勝利を笑い話にして楽しませてくれる爺《じい》さんたちもいない」何人かが苦笑混じりにうなずいた。「だから、ルートを見つけ、いつの日かわれわれが爺さんになったとき、次の世代の登山家にその知識を伝えられるようにしなくてはならない」そして、顔を上げて隊員を見た。「質問は？」

「ある」ソマーヴェルが声を挙げた。「第三キャンプを確保するのに、どのぐらいの時間がかかると想定しているんだ？　確保するというのは、十分な物資を蓄えて、という意味だが」

「実にいい質問だ」ジョージは笑みを浮かべた。「実はおれにもはっきりしないんだ。一日二千フィートは進みたいし、それができれば明日の夕方には一万九千フィートに第二キャンプを設営し、うまくいけば日没までにベース・キャンプへ帰れるだろう。翌日は二万一千フィートまで押していってそこに第三キャンプを確保し、その夜のうちに第二キャンプへ戻る。この高さはだれも経験したことがないが、馴致《じゅんち》に少なくとも二週間はかかると考えるべきだろうな。高く登って、低いところで眠る。これを絶対に忘れないでくれ」

「出発前に隊を分割するのか？」オデールが訊いた。

「いや、それはしない」ジョージは否定した。「ここの条件にだれが一番よく馴致しているかがわかるまでは、一つのままにしておく。しかし、結局のところ、隊の最終編成を決めるのは、おれではなくて山そのものになるんじゃないのかな」

「まさしくその通りだと思う」フィンチが言った。「だが、二万五千フィートを超えたら酸素を使うことについての考えは、いまも変わらないのか？」

「それについても、決めるのはおれではなくて山だと思う」ジョージは答え、しばらく待ってからふたたび尋ねた。「もう質問はないか？」

「教えてもらいたいんだが、隊長《スキッパー》」ノートンが訊いた。「明朝は何時に出発するんだ？」

「六時だ」ジョージは答えた。「だから、それまでに全員装備を整え、動けるようにしておいてくれ。それから、明日はコロンブスのように考え、地図のないところを歩く勇気を持たなくてはならないことを忘れるな」

リーダーとしての責任感からなのか、それとも、これからの一歩一歩のすべてが過去に経験のない高さへの挑戦だという激しい高揚感からなのかよくわからなかったが、ジョージは次の日の朝、ほかの隊員よりも少し早くテントを出た。

六時数分前、空は晴れ、風もほとんどなく、太陽が自分の通り道の頂点へゆっくりと上りはじめていた。ジョージがうれしかったことに、八人の隊員全員が、すでに自分たちのテントの前で辛抱強く待ってくれていた。服装はたぶん妻や恋人が編んでくれたのだろう手織りのヴェスト、イェーガー社製のウール・ニットのズボン、風を通さないジャケット、シルクのシャツ、コットンのスモック、登山靴、バーバリーのスカーフ、カナディアン・モカシンとさまざまで、一人か二人はダヴォスでのスキー休暇に出かけるところと言っても通用しそうだった。

その後ろには、ニーマが雇った現地のシェルパが並んでいて、それぞれが八十ポンドの重さの荷物を背負っていた。テント、毛布、シャベル、ポット、鍋、プリマス・コンロ、食料、そして、十二本の酸素ボンベ。

六時ぴったりにジョージが上を指さし、登山隊は自分たちでも結果を予測できない旅の第一段階へ足を踏み出した。ジョージは彼らを振り返り、ブルース将軍のことを思って笑みを漏らした。彼はベース・キャンプで熱い風呂に浸かり、進展状況を知らせろ、フィンチは行儀よくしているかと執拗《しつよう》に訊いてくる、ヒンクスの電報を読みつづけることになるのだ。

最初の一時間、ジョージは渓谷の脇に沿って伸びる石ころの多い荒れ地を着実に進んでいった。ときどきロンブク渓谷の聖なるブルー・シープを追い越したが、それは現地の人間がどんなに飢えていても、殺して食べたりしてはいけないことになっていた。二万三千フィートほどの高さにあるノース・リッジを迂回するところが初めての本当の難所だということを、ジョージはよくわかっていた。そこでは空気がもっと薄くなって、気温も隊員のほとんど誰一人経験したことのないところまで下がるだけでなく、もっと悪いことに、前進しようにもどのルートを取るべきかを知る術がなかった。

進むにつれて、これまで見たことのないさまざまな色に出くわし、ジョージは畏敬の念に打たれはじめた。かすかな青い光が豊かな黄色に変わり、まるで自分たちイギリス人の白い肌を焼き焦がそうとしているように思われた。遠くにカンシュン・フェイスが見え、広大な氷の牙がクレヴァスを穿《うが》って、黒く暈りがたい尾根が雪崩《なだれ》で常に登山隊を脅《おびや》かし、歓迎しないと告げていた。

第二キャンプと第三キャンプを確保したとしても、ノース・コルへの安全なルートを探すのに何日かかるのか、ジョージは見当がつかなくなった。それらしいと思われるルートを行っても、最後には必ず〝立ち入り禁止、行き止まり〟と宣告されるのではあるまいか。人間が頂上にたどり着けると証明することなどできるのだろうか、とジョージは疑いはじめた。チョモランマはモン・ブランにそっくりで、少し高いだけだろうと予測した王立地理学会の連中が、早くも愚か者に思われるようになっていた。

次の一時間が終わろうとするころ、ジョージは隊列を停止させ、当然の報酬として休憩を楽しませた。隊員の様子を見て回ると、モーズヘッドとヒングストンの息が荒いことがわかった。ニーマからは、三人のシェルパが荷物を雪の上に放り出し、山を下って自分たちの村へ引き返していったとの報告があった。ボンベイの波止場へ戻ったとき、いったい何人がブルース将軍の保証した二十ルピーのボーナスを受け取ることになるんだろうと、ジョージは悲観的になった。「片手で数えられるほどになるんじゃないか?」と将軍は予測していたが、その彼でさえ、隊員の一人がそれすらできなくなるとは予想できなかったに違いない。

三十分後、登山隊は進みつづけ、太陽が中点に到達するまで休まなかった。昼食休憩でミント・ケーキ、ジンジャー・ビスケット、干し杏《あんず》を口に入れ、溶かした粉ミルクを呑《の》んで、ふたたび歩き出した。

さらに一時間登ったところで、緑の草に縁取られた流れを渡らなくてはならなかった。近づくにつれて、大きな蝶《ちょう》が群がっているのがわかった。土手に一本の柳の木が高く聳えるオアシスだったが、高く登るにつれて、それは隊員たちの頭のなかにしか存在しなくなった。

適当な場所を見つけて第二キャンプを設営する時間になった。ジョージはようやく平らな地面を選んだ。東ロンブク氷河の真ん中で石ころだらけだったが、巨大な氷の尖塔《せんとう》に囲まれているおかげで、吹きさらしの風を避けられそうなのがありがたかった。高度計は一万九千フィートを指していた。ニーマが注意深く監視するなか、シェルパが雪の上に荷物を下ろし、最初のテントを張れるように、石ころを取り除いて地面を平らにしていった。少なくともひと月は保《も》つはずの第三キャンプへ運ぶ器機と食料を下ろしたあと、ようやく隊員用のテントが立てられた。

ベース・キャンプへ戻って夕食――またもや山羊《やぎ》のシチューとダンプリングで、メニューなどいらなかった。なぜなら、そのあとにウォーター・ビスケット（小麦粉と水に塩と脂肪を加えたクラッカー）とチーズがつづくと決まっていたからだ――をとっているとき、ジョージは隊員に対して、今日の進捗状況は望外のことだったが、それでも、ロンブク氷河を越えるルートの特定にどのぐらい時間がかかるかいまだにわからないし、何度も期待と落胆を繰り返す覚悟をしなくてはならないだろうと告げた。

その夜、ジョージは『イーリアス』を何ページか読んでからろうそくを消したが、その前に、ルースへの長い手紙を書き終えていた。それが彼女のもとへ届くのは二カ月後、あの悲劇が起こってしばらくあとのことだった。

ジョージの手紙がザ・ホルトに届いたとき、そこに書かれているニュースはすでに何週間も前にタイムズが報道していることが往々にしてあった。あの運命の六月の朝、ジョージ側の言い分を知らせる手紙をいずれは受け取ることになると、ルースはわかっていた。しかし、そのときまでは、そのドラマを切れ切れに、まるでディケンズの小説を読むようにしてしか追うことができなかった。

一九二二年　五月八日
最愛のルース
ぼくはいま、小さなテントのなかにいて、ろうそくの明かりできみへの手紙を書いている。登山の初日は上々の出来で、臨時の住まいとするにはうってつけの場所を見つけたよ。だけど、ベッドに入るときあまりに寒いものだから、この前のクリスマスにきみが編んでくれたミトンをし、さらに、きみのお父さんの毛織の股引《ももひき》を穿《は》かなくちゃならないありさまだ。

こんな過酷な冒険をするには準備がまったく疑う余地なく不十分だということを、この山は早くも教えてくれた。正直に言うと、隊の大半が年を取りすぎていて、このまま登りつづけてもいいと思われるぐらい頑健な者はほんの数人しかいない。ぼくもそうだけど、そのチャンスを一九一五年に与えられなかったことが、みんな残念でならないはずだ。あのときならみんな若かったからね。何もかもドイツのせいだよ。マイ・ダーリン、きみに会えないのがこんなに寂しいとは……

ルースは手紙を読むのを中断し、いまや客間の常なる住人になった地図を見ている、クレアとベリッジの横に膝をついた。一万九千四百フィートでピッケルに寄りかかっているゴーグル姿の男を描いてやると、クレアが拍手しはじめた。

43

一九二二年　六月十六日
最愛のルース
東ロンブク氷河を越えるルートを探してひと月と少しが過ぎ、ぼくもそろそろ意気消沈しはじめていた。その理由の一つに、間もなくモンスーンの季節になる、とニーマが思い出させてくれたことがある。そうなったら、ぼくたちはベース・キャンプへ戻り、イギリスへ引き上げる長い旅の準備をするしかなくなる。
だけど、今日、突破口が見つかった。モーズヘッドがロンブク氷河を越えるルートを見つけたんだ。ノース・コルの反対側へチャンツェを回り込むんだよ。というわけで、明日、ノートン、ソマーヴェル、そして、モーズヘッドが戻り、十分な広さのプラットフォームが見つかれば、また、風が許してくれれば――モーズヘッドによれば、強い突風が吹くことがあるらしい――テントを張り、頂上から約六千フィート下ったたところにあるノース・コルのてっぺんで、カンヴァス地の下で一夜を過ごせるかどうか試してみるつもりだ。

それができたら、ノートンとソマーヴェルは次の日、頂上への最初のアタックを試みる。ヒンクスが委員会に対して、六千フィートぐらいなら大したことはないと思われるし、実際、スコットランドのベン・ネヴィスとさして変わらない高さだと言っている声が聞こえるようだ。だけど、ベン・ネヴィスは克服不能な透明氷の小尖塔でできていないし、気温が華氏零下四十度まで下がったりもしない。それに、普通なら四歩進めるところを一歩しか進ませてくれないような風も吹かない。いまいる山の頂上では、きみたちがサリーで十分に味わっているわずか三分の一の酸素で呼吸をしなくてはならない。それから、下山するときのほうが間違いなくはるかに危険でもあるから、かつてだれも到達したことのない高さにぼくたちの一人が登り得たとヒンクスが委員会に報告できるようにするだけのために、必要のない危険を冒すわけにはいかない。

何人かの隊員が高山病や雪目にかかりはじめているが、最悪なのは凍傷だ。モーズヘッドはすでに手の指を二本と足の指を一本失っている。エヴェレストの頂上に立てるなら、手の指二本と足の指一本はその代償に値するだろうが、ノース・コルへたどり着いたぐらいではそうとは言えないだろう。ノートンとソマーヴェルが明後日《あさって》のうちに頂上に到達できなかったら、フィンチ、オデール、そして、ぼくの三人で、その次の日にやってみることになっている。ノートンとソマーヴェルが成功したら、きみがこの手紙を開封するはるか前に帰還の途につくことになる。実際、ぼくのほうが手紙より早く着くかもしれない。そうなることを祈ろうじゃないか。

ぼくやフィンチと足取りを合わせて進める人間が隊にはもう一人いるんだが、結局、海抜約二万七千フィートの小さなテントで寝ることになるのは、そのもう一人を除いた二人になるんじゃないかという気がしている。

マイ・ダーリン、ぼくはこの手紙を、きみの写真を横に置いて書いていて……

ルースは客間の絨毯《じゅうたん》に坐り込んでいる二人の娘に合流した。しかし、すでにノース・コルの上にしっかりと親指を突き立てているクレアを発見しただけに終わった。

「帰投予定時間を一時間以上過ぎているぞ」

ジョージの言うとおりだとわかっていたが、オデールは沈黙を守った。彼らは隊のテントの前に立ち、山を見上げて、ノートン、ソマーヴェル、そして、モーズヘッドの姿が現われるのを待ち焦がれていた。

ノートンとソマーヴェルが登頂に成功したとすれば、ジョージの恨みはたった一つ――ルース以外にはだれにも認めなかったが――自分自身を最初のアタック隊に選ばなかったことだった。

ジョージはもう一度時計を見て計算し、もはや待てないと決断した。そして、残っている隊員を振り返った。全員が不安げに山を凝視していた。「よし、捜索隊を編成する。おれと一緒にくるのはだれだ？」

間髪をいれずに、何本もの手が上がった。

数分後、ジョージ、フィンチ、オデール、そして、シェルパのニーマが、完全装備で出発準備を整えた。ジョージは何も言わずに山へ向かって歩き出した。厳しい寒風が唸《うな》りを上げて峠から吹き下り、四人の肌を鋭く刺した。雪がうっすらと四人を包み込んだと思う間もなく、雪焼けした頰で凍りついた。

これほど断固とした強敵と遭遇したのは初めてで、だれであろうとこんな悪条件の夜を生き延びられるとは思えなかった。だとすれば、何としてもその前に三人を見つけなくてはならない。

「これは狂気だ！　狂気でなくて何なんだ！」ジョージは吼える強風に向かって叫んだが、

北風の神ボレアースはおかまいなしに荒れ狂いつづけた。

これまで経験したことのない悪条件の二時間が過ぎると、ほとんど一歩も足を踏み出せなくなった。さすがにキャンプへ戻るよう指示しかけたとき、フィンチの叫ぶ声が聞こえた。「三匹の子羊が道に迷っているのが見えるぞ、めえ、めえ、めえ」

前方は岩がちの背景以外ほとんど見分けられなかったが、ジョージはそれでも、のろのろと下山してくる三人の登山家をかろうじて視界に捕らえた。救援隊は力を振り絞って三人のところへ急行した。ノートンとソマーヴェルが登頂に成功したかどうかを知りたくてたまらなかったにもかかわらず、三人のあまりの疲労困憊《こんぱい》ぶりを見てしまっては、その質問を口にできる者はいなかった。ノートンは右耳を押さえていて、ジョージは憐《あわ》れな彼の肘をつかんで支えながら、ゆっくりと山を下っていった。肩越しに一瞥すると、数フィート後ろにソマーヴェルがつづいていた。任務が成功したのか、あるいは失敗に終わったのか、表情から読み取ることはまったくできなかった。最後にモーズヘッドを見たが、よろめきながら歩いている彼も、やはり無表情だった。

一時間後、ようやくキャンプが見えてきた。黄昏《たそがれ》が濃さを増していくなか、ジョージはぬるい紅茶が待っているテントへ三人の登山家を導き入れた。一歩テントに入った瞬間、ノートンが膝から崩れ落ちた。すぐにガイ・ブーロックが駆け寄り、凍傷にかかった耳を調べた。それは黒く変色して、水ぶくれになっていた。

モーズヘッドとソマーヴェルがプリマス・コンロの前に膝をつき、凍った身体を温めて溶かそうとした。ほかの者は押し黙って彼らを取り囲み、三人のうちのだれかが結果を報告するのを待った。最初に口を開いたのはソマーヴェルだったが、その前に、ブランディを垂らした紅茶を何杯も呷《あお》らなくてはならなかった。

「第五キャンプでテントを張ったおかげで、今朝は最高のスタートを切れた」と、彼は話しはじめた。「だが、約千フィートを登ったあたりで、まともに雪嵐《ゆきあらし》に遭遇してしまった」そして、喘《あえ》ぎながら付け加えた。「喉がふさがれた状態になって、ほとんど息ができなくなった」そこで、いったん呼吸を整えた。「ノートンが背中を殴りつけてくれたおかげで激しく嘔吐《おうと》し、とりあえずは息ができるようになったんだが、もう一歩も足を踏み出せないほど疲れてしまっていた。ノートンにおれが回復するのを待ってもらい、それから一気にノース・フェイスの踏破を試みた」

ソマーヴェルがふたたび紅茶を口にし、その間《かん》にノートンが話を引き取った。「だが、どうしようもなかった。多少は前進できたものの、雪嵐は一向に衰える気配を見せず、もう引き返すしかなくなってしまった」

「どこまで登れたんだ？」ジョージは訊いた。

ノートンが高度計を差し出した。「二万六千八百五十フィートか」ジョージは息を呑んだ。「人類が初めて登ることのできた高さだ」

だれが先導するでもなく、自然に拍手が起こった。

「酸素を使ってさえいたら」フィンチが言った。「頂上に到達できたかもしれないな」

それについてはだれも意見を言わなかった。

「気の毒だが、ちょっと痛いぞ、オールド・フェロウ」ブーロックが鋏《はさみ》をコンロで熱しながら言い、やがて腰を屈めると、ノートンの右耳の凍傷部分を用心深く切り取りはじめた。

翌朝、ジョージは六時に起床した。テントから顔を出してみると、空は晴れ、風が吹く気配はまったくなかった。フィンチとオデールが地面に胡座《こざ》し、心づくしの朝食を味わっていた。

「おはよう、お二人さん」ジョージは声をかけた。早く出発したかったから、彼自身は立ったまま食事をし、十分後に出発できるようにした。ブーロック、モーズヘッド、そしてソマーヴェルがテントから這い出して、道中の安全と企ての成功を祈ってくれた。ノートンはまだ仰向けになったままだった。

ジョージはノートンのアドヴァイスを採用してルートを決め、フィンチとオデールを従えて、ゆっくりとノース・リッジを目指した。快晴無風にもかかわらず、次の一歩を踏み出すのが、前の一歩を踏み出したときよりも苦しいように思われた。一歩進むために三度呼吸をしなくてはならなかった。フィンチは酸素ボンベを二本背負っていくと言って譲らなかった。フィンチの考えが正しいと証明され、彼一人だけが前進しつづけられることになるのだろうか？

一時間、また一時間、三人は苦労しながら登りつづけた。だれも口をきかなかった。午後も遅くなったころ、歓迎できない客を迎えたかのように、最初の寒風が肌に感じられた。ものの数分としないうちに、その微風は突風混じりの強風に変わった。二万五千フィートの第五キャンプまでわずか百ヤードだと高度計が教えてくれなければ、ジョージは引き返すという選択をしていたかもしれない。

そのわずか百ヤードを登るのに、一時間もかかった。風と雪が容赦なく襲いかかり、着ているものの隙間から剝《む》き出しになっている肌のあらゆるところに突き刺さろうとし、三人を元いたところまで吹き飛ばそうとした。ようやくテントにたどり着いたとき、ジョージは祈ることしかできなかった――朝までにこの悪天候が改善されますように。さもないと、引き返すという選択肢しかなくなってしまう。こんな天候の下に二晩もいつづけたら、とても生きていられるはずはなく、実際、いまここで眠ってしまったら全員凍死するのではないかと、本気で恐ろしかった。
三人は何とか一晩をやり過ごそうとした。息が凝縮して凍り、それが氷柱《つらら》となってテントの天井からぶら下がった。まるで舞踏会場のシャンデリアのようだった。フィンチは貴重な酸素の残量チェックに余念がなく、その一方で、ジョージはルースに手紙を書こうとした。

一九二二年　六月十九日
最愛のルース
昨日、三人の勇士がエヴェレスト登頂を目指し、そのうちの一人のノートンは二万六千八百五十フィートまで登ったものの、三人とも極度に疲労してそれを克服できなかった。結局引き返さざるを得なくなり、ノートンは右耳の一部を凍傷で失うことになった。彼はいま、自分が地球上のだれよりも高いところへ登ったと知って眠っている。
明日は別の三人が彼らの足跡をたどり、ふたたび登頂を試みることになっている。もしかしたら、そのうちの一人が……

るだろうな？」
「今日、こんな目にあったんだから、マロリー、さすがのおまえも酸素を使うことを考え

「いや、そのつもりはない」ジョージはペンを置いて応えた。「何とか人工的な補助具に頼らないでやってみるつもりだ」

「しかし、おまえの手縫いの登山靴だって人工的な補助具だろう」フィンチが言った。「奥さんが編んでくれたミトンだって、紅茶に入れる砂糖だってそうじゃないか。実際、補助具になり得ないのはわれらがパートナーだけだ」そして、眠っているオデールを睨みつけた。

「それなら、オデールでなくてだれならよかったんだ？　ノートンか？　ソマーヴェルか？」

「どっちでもないね」フィンチが答えた。「二人とも確かに一流の登山家だが、おまえが一番最初に明らかにしたじゃないか。最終アタックを敢行するのは、環境にもっともよく馴致した者だとな。それがだれかは、もうお互いにわかってるだろう」

「ニーマか」ジョージは小声で応えた。

「おまえがニーマを加えるべきだった理由、おれが登攀隊長だったら絶対にそうしただろう理由が、実はもう一つある」

「何だい？」

「エヴェレストの頂上に最初に立った二人がオーストラリア人とシェルパだったと、ヒンクスがエヴェレスト委員会に報告しなくちゃならんだろ？　そのときのやつの顔が見たいんだよ」

「それはあり得ないな」ジョージは言った。

「なぜだ？」フィンチが迫った。

「なぜなら、ヒンクスは最初に頂上にたどり着いたのはイギリス人だと報告することになるからだ」ジョージはちらりと笑みを浮かべてフィンチを見た。「しかし、オーストラリア人とシェルパが、将来のいつの日かそれを成し遂げないという理由も、おれには見つからないがね」そして、ペンを取った。「さあ、もう寝たらどうだ、フィンチ。おれも手紙を書き終えてしまうから」彼はふたたび紙にペンを走らせたが、文字はまったく現われなかった。インクが凍っていた。

　翌朝五時、三人は寝袋を這い出した。最初にテントを出たのはジョージで、雲一つない青空が迎えてくれた。J・M・W・ターナーなら驚嘆しただろうが、この景色を絵筆に載せるためには、あの偉大な画家も二万五千フィートまで登ってこなくてはならなかった。

わずかに風の気配があったが、ジョージは山の冷たい空気を胸一杯に吸い込みながら、自分よりわずか四千フィート高いだけの頂を見上げた。

「すぐそこじゃないか……」とつぶやいたところへ、フィンチが三十二ポンドの酸素ボンベを背負ってテントから出てきた。そして、やはり頂上を見上げ、胸を叩いた。

「静かにしろ」ジョージは諫《いさ》めた。「彼女を起こしたくないんだ。眠っていてもらって、びっくりさせようじゃないか」

「レディの遇し方とはとても言えないな、違うか？」フィンチがにやりと笑みを浮かべた。

オデールが出てくるのを待ちきれず、ジョージは苛立《いらだ》ちを隠せないまま、その場を往《い》きつ戻りつしつづけた。

「待たせて申し訳ない」オデールがようやくテントから姿を現わし、おずおずと詫《わ》びた。

「手袋の片方が見つからなかったんだ」ジョージもフィンチも、まったく同情しなかった。

三人はロープでつながった——先頭はジョージ、二番手がフィンチ、殿《しんがり》がオデール。

「二人とも、頑張れよ」ジョージは連れを励ました。「レディのご機嫌伺いに行くときがきたぞ」

「彼女がわれわれの真上にハンカチを落とさないでくれることを祈ろうじゃないか」フィンチが酸素ボンベの一本のヴァルヴをひねり、マスクを調節しながら言った。

ジョージはほんの数歩歩いただけで、これが過去に経験したどの登山とも違ったものになると覚悟した。過去の登山では、頂上に近いところに、必ず足を止めて休める場所がいくつもあった。だが、ここではその可能性はないと思わなくてはならなかった。ほんのちょっと動いただけで、実際は亀の歩みであるにもかかわらず、百ヤードを全力で走ったのと同じぐらいに息が乱れた。

数フィート後ろで満足しながら酸素を吸っているフィンチのことを、ジョージは考えまいとした。あいつはおれたちみんなが間違っていたことを証明してみせるだろうか。挫《くじ》けるつもりはなかったが、一歩進むたびに、息はますます苦しくなっていった。この七カ月というもの、毎日欠かすことなく、深く息をする特殊技術——四秒のあいだ鼻から息を吸って肺を一杯にし、四秒かけて口から吐き出す——の習得に励んできたが、その技術を二万五千フィートより高いところで試みたことは一度もない。後ろを一瞥すると、フィンチは三十二ポンドも余分に背負っているにもかかわらず、依然として楽々と歩いているように見えた。しかし、二人がともに頂上に着いたら、どちらが勝者と見なされるかは疑いの余地はない。

ジョージは一インチずつ、一フィートずつ、息を切らせながら進み、ノートンのバーバリーのスカーフ——そこが人類が登った高さの世界新記録（いまや旧記録になってしまったが）であることを示す印として置いてきたのだった――に遭遇して、ようやく足を止めた。振り返ると、フィンチはいまも力強く登っていたが、オデールは明らかに苦闘していて、すでに数ヤードも遅れはじめていた。フィンチが正しいと証明されたということだろうか？　おれは自分とフィンチのパートナーに、果たして一番の登山家を選んだのだろうか？

時計を見ると、十時十二分になっていた。予想より進み具合が遅いが、正午までに登頂できれば、日没前には十分に余裕を持ってノース・コルへ戻れるだろう。ジョージはゆっくりと六十数えてから――子供のころから、登りはじめるときにはそうするのが習慣になっていた――高度計を見て、自分たちがどこまで進んでいるかを確認した。頂上までの距離が一分ごとに短くなっているのは高度計を見るまでもなくわかっていたが、十時五十一分に二万七千五百五十フィートまでしか達していなかったときも、まだ頂上まで行けるという自信を失っていなかった。そのとき、傷ついた獣《けもの》のような叫びが聞こえた。フィンチのものではなかった。

後ろを見ると、オデールが両膝をつき、身体をよじるようにして咳《せ》き込んでいた。ピッケルはそばの雪に埋まり、これ以上は一インチも進めそうにないのが明らかだった。ジョージは仕方なくオデールのところまで滑り降り、それまでに死にものぐるいで稼いだ二十フィートを失った。

「本当にすまない、マロリー」オデールが荒い息で謝った。「これ以上は無理だ。おれは辞退して、おまえとフィンチだけでやらせるべきだった」

「いまさらそんなことを言っても仕方がない」ジョージは喘ぎながらオデールの両肩に腕を回して慰めた。「おれなら、明日、もう一回やってみればいいだけのことだ。必ずやるさ。おまえさんだって力の限りを尽くしたんだ」

フィンチは同情の言葉をかけるような時間の無駄は一切せず、酸素マスクを外して言った。「おまえがオデールに付き添って面倒を見るというなら、せめておれだけでも頂上を目指してかまわないか?」

ジョージはだめだと言いたかったが、そうできないこともわかっていた。彼は時計を見て――十時五十三分――うなずいた。「幸運を祈る。だが、どんなに遅くとも正午までには戻ってくるんだぞ」

「それだけたっぷり時間があれば十分だ」フィンチが言い、酸素マスクをつけ直すと、三人をつないでいるザイルをほどいた。そして、マロリーとオデールの脇をゆっくり通り過ぎていった。その顔ににやりと笑みが浮かんだのを、二人とも見ることができなかった。ライヴァルが頂上を目指して、ゆっくりと、少しずつ進んでいくのを、ジョージは見送るしかなかった。

しかし、一時間とたたないうちに、フィンチは一歩たりと足を前に出せなくなった。立ち止まって二本目の酸素ボンベのヴァルヴを開いたが、それでも数フィートしか進めなかった。不朽の名声を勝ち得るまであとわずかなのにと思うと、悪態をつかずにはいられなかった。高度計は二万七千八百五十フィートを示していた。あとわずか千百五十二フィートで神と握手ができるのに。

フィンチはぎらりと輝いている頂上を見上げると、酸素マスクを外して叫んだ。「あんたが待ってるのはマロリーなんだろ？　だけど、明日戻ってくるのはおれだからな」

44

一九二三年　六月二十八日

最愛のルース

ぼくたちは頂上まで本当にあと少しのところまで迫ったんだけど、ノース・コルへ戻る数時間のうちに、またもや悪天候が獰猛《どうもう》な牙を剝いた。ぼくたちが登頂に失敗したから神々が怒っておられるのか、それとも、ぼくたちがあまりに近づきすぎたために、顔の真ん前でぴしゃりとドアを閉めることにされたのか、ぼくはいまだにわからないでいるよ。

次の日も条件が悪すぎたので、第二キャンプへ戻るしかなかった。そして、今日まで一週間、そこで天候が回復するのをなす術もなく待つことになった。ぼくはいまでも、登頂への最後の試みをするつもりでいる。

ノートンはベース・キャンプへ戻さなくてはならなかった。ブルース将軍はたぶん、彼をイギリスへ帰すことにするんじゃないのかな。彼が自分の役を立派に演じたことは神のみぞ知るところだ。

フィンチは赤痢《せきり》にやられて、やはりベース・キャンプへ戻ったが、自分は地球上のだれよりも――ぼくを含めて――高いところ（二万七千八百五十フィート）まで登ったんだと、聞いてくれる人間に自慢できるぐらいには回復しているよ。モーズヘッドも凍傷がひどくなったために、フィンチとともにベース・キャンプへ引き返さなくてはならなくなった。オデールはひどく苦しむことになった一回目の登頂アタックから完全に回復し、いまはもう一度チャンスがほしいと言っている。だけど、もう一度アタックを試みるとしたら、彼と一緒に登る危険を繰り返すわけにはいかない。フィンチ、ノートン、モーズヘッドがもはや最終アタックに加われなくなったいま、いまも元気な有資格者はソマーヴェルだけだし、彼には二度目のチャンスを得るすべての権利がある。

たとえ二日だけでも天候がもつようなら、モンスーンの季節が始まるまでに、もう一度やってみるつもりでいる。二番手のままイギリスへ帰るという考えは気に入らないし、オデールが足手まといにさえならなければ、フィンチを後ろに従えて二万七千五百五十フィート以上の高さまで登れたはずだという確信があるからなおさらだ。それどころか、登頂に成功していた可能性だってある。フィンチがへたばってしまったいま、ぼくはあいつの忌々しい酸素ボンベを試すことだってするかもしれない。でも、それをあいつに告げるのは、ぼくが凱旋してからだ。

だけど、死ぬまで取り憑《っ》かれつづけるだろうと思っていたこの企てに終止符を打つ気になった本当の理由は、この荒涼とした場所へ戻ってくることに関心がなくなったからなんだ。いまのぼくの関心は、きみや娘たちと終生をともにすることにしかない——下級五年生までもが懐かしくてたまらないぐらいだ。

きみはこの手紙を開封するはるか以前に、きみの夫が地球のてっぺんに立ち、いまや帰国の途についているという記事をタイムズで読むことになるはずだ。

きみをこの腕に抱く日が待ちきれないよ。

きみの愛する夫

ジョージ

ジョージがその手紙を封筒に入れようとしているとき、ニーマがボヴリルの入った二つのマグを持って隣りにやってきた。

「一応うれしい知らせだと思いますが、ミスター・マロリー」ニーマが言った。「これから三日は好天がつづき、それ以降は悪化します。モンスーンの季節がすぐそこに迫っていることを考えると、これがあなたの最後のチャンスです」

「どうしてそこまでの確信が持てるんだ？」ジョージは口をつける前に、マグで手を温めながら訊いた。

「私はあなたの国の牛のようなもので」ニーマが応えた。「もうすぐ雨になるから木の下に逃れなくてはならないときには、それがわかるんですよ」

ジョージは声を立てて笑った。「きみは私の国のことをよく知っているんだな」

「ほかのどこよりも、イギリスのことを書いた本が一番多いですからね」ニーマがちらりとためらってからつづけた。「もし私がイギリス人に生まれていたら、ミスター・マロリー、あなたはこの登攀隊のメンバーに私を含めることを考えたかもしれませんよ」

「六時に起こしてくれ」ジョージは手紙を畳みながら頼んだ。「明日の天候がきみの予測通りなら、日没までにノース・コル・キャンプへ着きたい。次の日に最後の登頂アタックを試みられるようにな」

「その手紙をベース・キャンプまで持っていきましょうか？　そうすれば、すぐに投函できますよ？」

「いや、それには及ばない」ジョージは応えた。「そんなことはだれかほかの者に頼めばいい。きみには郵便配達よりもっと重要な役をしてもらおうと思っている」

翌朝、ニーマに起こされたとき、ジョージの気持ちは一気に高ぶった。「キリストの昇天日、歴史的な日だ。心のこもった朝食を食べながら、これからの二日はケンダル・ミント・ケーキを齧るぐらいしかできないことに気がついた。

テントを出ると、うれしいことに、ソマーヴェルとオデールがすでに待ってくれていた。ニーマをはじめとする九人のシェルパも、同じようにやる気満々でそこにいた。「おはよう、諸君」ジョージは言った。「いよいよ、地球のてっぺんにわれわれの足跡を残すときがきたようだ」そして、それ以上は何も言わず、山へ向かって一歩を踏み出した。

非の打ち所のない登山日和だった。空は晴れて明るく輝き、風の気配はまったくなく、新たに薄く積もった雪だけがスイス・アルプスを思い出させた。ニーマの予想通りなら、唯一残る問題は、最終アタック隊にだれを選ぶかということになるはずだった。しかし、ジョージの腹はすでに決まっていた。フィンチのアドヴァイスに従い、明日は最も有能な登山家を同行するつもりだった。

最初の一時間は、思いのほか前進速度が速かった。隊の様子はどうかと振り返ると、ありがたいことに、落伍《らくご》しそうな者は一人もいなかった。順調に進んでいるあいだは休まないことにしたが、その決断が彼の命を救う結果になった。

次の一時間も遅れる者はいなかった。その一時間が過ぎたところで、ジョージは休憩を指示した。うれしいことに、八十ポンドの物資を背負ったシェルパたちでさえ、いまもにこにこしていた。

ふたたび歩き出したときには、斜面が急になったせいで、登る速度が多少遅くなった。雪はしばしば膝の上まで埋まるほど深かったが、ジョージの気持ちは依然として高揚していた。喜ばしいことに、ソマーヴェルもオデールも歩く速度を維持しつづけていて、明日はジョージとともに最終アタックに臨もうと考えているのが明らかだった。ジョージはすでに、今回はどちらか一人だけを同行させることに決めていた。さらに少し進んだところで、ニーマが殿をつとめるシェルパたちが引きずるようなゆっくりとした足取りになったが、何とか斜面を登り切った。ジョージの顔には満足の笑みが浮かびつづけていた――もうフィンチとヒンクスの鼻を明かしてやったも同然だ。

ノース・コルまで六百ヤードを切ったとき、頭上のどこかで、車がバックファイアを起こしたような音が聞こえた。とたんに、ジョージは最後にいつ、その容赦ない音を聞いたかを思い出した。間違いようのない音だった。

「神よ、二度も同じ目にあわせるのですか」ジョージが叫ぶのとほぼ同時に、二百フィート上の崖の表面を滑るようにして、雪と石が猛然と襲いかかってきた。数秒のうちに、ジョージ、ソマーヴェル、そしてオデールは、完全にその下敷きになってしまった。ジョージは死にものぐるいでもがき、何とか雪の上に顔を出した。雪崩は容赦なく斜面を駆け下り、勢いを増して、その通り道にあるすべてを呑み込んでいった。ジョージがまだ肩まで雪に埋まってなす術もなく見ていると、まず仲間が、それからシェルパが、一人また一人と雪の下に姿を消していった。最後に雪崩に呑まれたのはニーマで、その光景が記憶から消えることは死ぬまでないだろうと、ジョージは思わざるを得なかった。

不気味な静寂が落ち、ジョージはやがて大声で仲間を呼んで、このパーティの生存者が自分だけではないことを祈った。その声にオデールが応え、ややあって、ソマーヴェルが雪の下から姿を現わした。三人は自分の身体《からだ》を掘り出し、忠実に支えてくれたシェルパを助けられるのではないかと万に一つの希望にすがりながら、大急ぎで斜面を下っていった。

雪の上に手袋の片方を見つけ、ジョージはそのほうへ駆け出そうとしたが、一歩踏み出すたびに、厚い雪にさらに深く埋まってしまうありさまだった。ようやくそこへたどり着くと、今度はその周りの雪を必死に――しかも素手で――掘っていった。絶望しかけたとき、青い手袋のない手が現われ、それにつづいて腕が、そして首が、最後に顔が出てきて、空気を求めて激しく喘いだ。背後で安堵《あんど》の叫びが聞こえ、ジョージが振り返ると、二度と陽の光を見ることはないと諦めていたシェルパをオデールが救い出したところだった。ジョージは厚く積もった細かな雪の上を苦労して渉猟しながら、リュックサック、登山靴、ピッケル、何でもいいからニーマのところへ連れていってくれるかもしれないものを探した。そして、時間がたつのも忘れ、わずかでもだれかが埋もれていそうなところを懸命に掘りつづけた。しかし、だれも見つけられなかった。ついに疲れ切って倒れ、これ以上はどうしようもないと受け入れざるを得なかった。

一時間後、陽が落ちたとき、救い出せたのは九人のシェルパのうち二人だけだった。残る七人は、ニーマも含めて、手つかずの墓の下に埋もれたままだった。ジョージは雪に膝をついて泣いた。この無礼で生意気な人間どもが、とチョモランマは笑っているに違いない。

それから何日も、七人のシェルパを失ったという事実は常に、寝ているときでさえ、ジョージの頭のなかに居坐りつづけた。シェルパを死なせたのはおまえの野望のせいではないと仲間がどんなに慰めてくれても、納得はできなかった。ブルース将軍はチベット修道院近くのモレーンに追悼のケルンを造るよう命じた。遠征隊はそのケルンを取り囲み、頭《こうべ》を垂れた。「せめてわれわれの一人でも一緒に雪に埋もれていれば」ソマーヴェルがつぶやくように言った。

ブルース将軍は戦いに敗れた男たちをボンベイへ連れ戻すと、イギリスへ向かう船に乗せた。数日が過ぎてようやく笑顔が戻り、何週間かたつと、みんなが笑うようになった。リヴァプールへ着いたとき自分たちを何が待っているか、ジョージには想像することしかできなかった。

隊員のそれぞれが、見果てぬ夢――彼らの登攀隊長の言葉だった――のためにエヴェレストへ戻ることはしないと誓っていた。

第六部

地上へ戻る

45

一九二二年　九月四日　月曜

ジョージは汽船〈カレドニア〉の手摺《てす》りから身を乗り出し、ほかの隊員たちと一緒に、信じられない思いで栈橋を見つめた。だれもが自分たちの目を疑っていた。そこは目の届く限り人の海で、拍手と歓声に満ち、ユニオン・ジャックが振られていた。

「彼らは何に歓声を上げているんだ？」ジョージは訊いた。ひょっとしてアメリカの映画スターでもこの船に乗っているんじゃないのか？

「そのうちわかると思うが、ジョージ、彼らはおまえの帰国を歓迎しているんだろう」ソマーヴェルが言った。「きっと、おまえが登頂に成功したと、誤って信じているんじゃないのかな」

ジョージは大騒ぎしている群衆を見下ろしつづけ、たった一人を探していた。船が栈橋にもやわれたときにようやく彼女の姿を捕らえたが、すぐにまた見失ってしまった。帽子を掲げ、ユニオン・ジャックを振り回す巨大な雑踏のなかで、その長身は常に見え隠れしつづけていた。

フィンチに出し抜かれてさえいなければ、ジョージは真っ先にタラップを下りていたはずだった。桟橋に足をつけた瞬間、四方八方から無数の腕が突き出され、ジョージはボンベイを思い出したが、今度のそれは物乞いをしたり中古品を売りつけようとするのではなく、彼の背中を叩こうとするのが目的だった。

「まだエヴェレストの最初の征服者たろうという望みは捨てていませんか、ミスター・マロリー」ノートを広げ、鉛筆を構えた新聞記者が叫んだ。

ジョージは返事をしようという素振りも見せず、最後に彼女の姿が見えたところを目指して群衆を掻き分けつづけた。

「私は必ずもう一度、あそこへ戻るつもりだ」フィンチが叫び、記者に取り巻かれた。

「要するに、あと千フィートとちょっと登ればいいだけだったんだ」鉛筆を構えていたあの記者が、その言葉を一語残らず書き留めた。

「次はあなたが頂上に立てると思いますか、ミスター・マロリー?」一人の新聞記者が追いかけてきて食い下がった。

「次はないんじゃないかな」ジョージは息を切らせながらもごもごと応えた。そのとき、彼女が見えた。前方わずか数ヤードのところだった。

「ルース！　ルース！」ジョージは呼びかけたが、雑踏と喧噪《けんそう》のなかで、その声は明らかに届いていなかった。ようやく目と目が合い、彼女が本当に思っている相手にしか見せないあの笑顔になった。ジョージが手を伸ばすと、何本もの見知らぬ手が伸びてきて握手を求めた。それを何とか振りきり、ようやく彼女を両腕に迎え入れることができた。

「どうやってこの大騒ぎを抜け出すんだ？」ジョージは彼女の耳元で叫んだ。

「すぐそこに車があるわ」ルースが夫の手を握りしめ、人混みから連れ出そうとした。しかし、いまここでできたばかりの新たな友人たちは、そう簡単に逃がしてくれそうになかった。

「もう来年の遠征の登攀隊長を引き受けたんですか？」別の新聞記者が叫んだ。

「来年の遠征？」ジョージはびっくりして訊き返した。しかし、そのときルースが車にたどり着き、ドアを開けて、夫を助手席に押し込んだ。妻が運転席に坐ったとき、ジョージは驚きを隠せなかった。

「いつ？」彼は訊いた。

「夫が別の女性を訪ねて留守にしているときの妻には、何か打ち込むものが必要なのよ」

「あなたを国家的な英雄に仕立て上げたの」

新聞はあなたたちの進み具合をずっと追いかけていたのよ。そして半年以上をかけて、あなたを国家的な英雄に仕立て上げたの」

「あなたが知っているはずはもちろんないんだけど、あなたが出発してからというもの、

るのを見て、ジョージは訊いた。

「いったいどういうことなんだ?」後部の窓を振り返り、まだ何人かが追いかけてきてい

でした、ミスター・マロリー!」

二十分かかった。そのときでさえ、最後のファンがボンネットを叩いて叫んだ。「お見事

出そうとしたが、二速《セカンド》に入れ直して、追いかけてくる群衆を置き去りにするまでにさらに

そして、イグニションを回し、ギア・レヴァーを一速《ファースト》に入れてゆっくりと人混みを抜け

ト・シーンになる前にね」

「さあ、行きましょう」ルースが渋々言った。「これがリリアン・ギッシュの映画のラス

「忘れるもんか」ジョージは応え、ふたたびキスをした。

しかし、夫を解放しようとはしなかった。

「人前でうぶな娘にキスをするのはだめだって、いつだったか言ったはずよ、ジョージ」

ジョージはふたたびルースを抱き、唇にそっとキスをした。

ルースがにやりと笑った。

「だけど、ぼくは失敗したんだぞ」ジョージは言った。「それについて、だれも何も言わないのか？」

「全然気にしていないみたいね。進めなくなったオデールの面倒を見るためにあなたが残り、フィンチに頂上を目指させたという事実が、世間の想像力に訴えているのよ」

「そうはいっても、記録に残るのはフィンチの名前なんだぞ。何しろ、少なくとも三百フィートはぼくより高いところまで登っているんだ」

「でも、それは酸素の助けを借りたからでしょ？」ルースが言った。「いずれにせよ、あなたが酸素を使っていればフィンチよりはるかに高いところまで到達できたはずだと、もしかしたら登頂した可能性だってあると、彼らは考えているのよ」

「いや、あの日のぼくはフィンチより高いところまでなんて登れなかっただろう」ジョージは首を振った。「それに、七人の優秀な男たちが命を落としたのは、自分はあいつより優秀だとぼくが証明しようとしたからだ。そのなかの一人は、頂上でぼくの隣りに立っていたかもしれないんだ」

「でも、登攀隊は全員助かったんでしょ？」ルースが訊いた。

「彼は正式な隊員じゃないんだ」ジョージは応えた。「でも、頂上を目指しての最終アタックに同行するのはソマーヴェルとその男にすると、ぼくはすでに決めていた」

「その男って、シェルパってこと？」ルースは驚きを隠せなかった。

「そうだ、シェルパのニーマだ。姓はわからない」ジョージはしばらく沈黙し、そのあとで付け加えた。「だけど、彼の死の責任がぼくにあることはわかっている」

「そのことでは、だれもあなたを責めていないわ」ルースが夫の手を取った。「あの日の朝、ほんのわずかでも雪崩の恐れがあると一瞬でも考えたら、あなたは絶対に出発しなかったはずだもの」

「だけど、そこが問題なんだ」ジョージは言った。「ぼくはそれを考えなかった。個人的な野心が判断を曇らせてしまったんだ」

「今朝、あなたの最後の手紙が届いたわ」ルースが話題を変えようとした。

「どこで書いた手紙だろう」ジョージは訊いた。

「海抜約二万五千フィートの小さなテントで、どうして自分は酸素を使おうとしないかをフィンチに説明したんでしょ？」

「もしあいつのアドヴァイスを受け入れていたら」ジョージは悔やんだ。「ぼくは登頂に成功していたかもしれないのに」

「もう一度やったら？　止めるものは何もないわよ」ルースが言った。

「いや、もうやらない」

「あら、わたし、それを聞いて喜ぶ人を知っているわよ」ルースが気持ちを露わにしないようにして言った。

「それはきみだろ、マイ・ダーリン？」

「いいえ、ミスター・フレッチャーよ。今朝、電話してきて、明日の十時に話がしたいからきてほしいとのことだったわ」

「わかった。もちろん断わる理由はないからね」ジョージは応えた。「仕事に戻りたくてうずうずしているんだ。信じてもらえないのはわかっているが、下級五年生が懐かしいし、こっちのほうがもっと大事なんだけど、もう一度給料を稼がなくちゃならない。いつまでもきみの父上の援助に頼るわけにいかないことはわかりきってるからね」

「父が不満を口にしたことは一度もないわよ」ルースが言った。「実際、あなたの成し遂げたことをとても誇りに思ってるわ。あなたは自分の義理の息子だって、ゴルフ・クラブでお友だち全員に吹聴《ふいちょう》してやまないんだから」

「そういうことじゃないんだ、マイ・ダーリン。ぼくは学期の初日にちゃんと自分の机についていなくちゃならないんだ」

「それは無理ね」ルースが言った。

「どうして？」

「学期の初日はこの前の月曜だったからよ」ルースが笑みを浮かべた。「でも、校長があなたに会いたがっている理由がそれだということに、疑いの余地はないわね」

「ところで、ぼくたちの息子のことを教えてくれないか」


六時間後、ようやくザ・ホルトの門をくぐったところでジョージが言った。「もう少しゆっくり走ってもらえないかな、マイ・ダーリン。これまでの二カ月というもの、この瞬間を思いつづけていたんだ」

車道《ドライヴウエイ》の半ばまできたところで、娘たちが階段から手を振っているのが見えた。二人は信じられないぐらい成長していた。クレアは小さな何かを抱いていた。

「あれがぼくの考えているものか?」ジョージは笑顔で妻を見た。

「そうよ。ようやく息子であり、跡継ぎであるジョン・マロリーおぼっちゃま《マスター》とご対面ね」

「たった一日でもきみを放っておいただけで大馬鹿者なのに、半年なんて論外だな」ルースが家の前で車を停《と》めると、ジョージは言った。

「それで思い出したけど」ルースが言った。「ミスター・フレッチャー以外にも、至急連絡してほしいって電話があったわよ」

「だれ?」ジョージは訊いた。

「ミスター・ヒンクスよ」

ルースはガウンを着るジョージを手伝い、最後に角帽と傘を手渡した。半年も夫が留守にしていたようには思えなかった。

ジョージはルースにキスをし、子供たちに行ってくると手を振ると、勢いよく玄関を出た。幹線道路へ向かって大股に小径を下りはじめた父親を見て、ベリッジが訊いた。「ダディはまた行っちゃうの?」

ジョージは時計を見た。いまや学校の門までどのぐらいかかるか、それを知りたかった。校長との約束の時間に悠々間に合うよう、ルースが間違いなく送り出してくれていた。

その日の朝のタイムズはことのほか気前がよく、エヴェレスト遠征隊の凱旋帰国にたっぷりと紙面を割いていた。その記者はだれも頂上に到達できなかったことには関心がないらしく、まさにそれを成し遂げるために、来年、何としてももう一度あそこへ引き返すつもりだというフィンチの言葉をそのまま載せていた。記事の終わりのほうにミスター・ヒンクスの談話が載っていて、彼は用心深い言い回しで、次回の遠征隊の登攀隊長として、エヴェレスト委員会はジョージを最有力と考えているというようなことをほのめかしていた。ヒンクスがこんなに緊急に話したいと言っているのは、そのことについてにほかならないはずだったが、ジョージは数分後に控えた校長との面談で話すつもりのことを、そっくりそのままヒンクスにも繰り返すつもりでいた。つまり、もう登山はしないということである。家庭人として生活するのを楽しみにしていたし、同時に、下級五年生にエリザベス、ローリー、エセックス等々の功績を教えたかった。

自分以外の登攀隊長を選ぶ段になってヒンクスが直面するジレンマを思ったとき、ジョージの顔に笑みがよぎった。第一の候補者は明らかにフィンチだ。技術的にも経験的にも、あの男が群を抜いた登山家であることに疑いの余地はないし、この前の遠征で最高点に到達してもいる。しかし、ヒンクスが絶対に人を動かさずにはおかない理由を考え出し、そういういかなる提案も拒絶して、何とかノートンかソマーヴェルを登攀隊長に選出しようと画策するのも目に見えている。しかし、そのヒンクスをもってしても、フィンチがその二人よりもはるかに早くエヴェレストの頂上に立つのを阻止することはできないだろう。忠実な酸素ボンベの助けを借りたらなおさらだ。

学校の礼拝堂が見えたとき、ジョージはもう一度時計を見た。三十六歳かもしれないが、歩く速さはまったく衰えていない。学校の門をくぐったときには、新記録ではないかもしれないが、限りなくそれに近かった。

ジョージは中央中庭をゆっくりと、校長の研究室のほうへ歩いていった。途中、生徒二人に微笑して見せたが、知らない顔だった。生徒の反応からすると、彼らもまた明らかにジョージのことを知らなかった。それがチャーターハウスの初日を思い出させた。生徒と顔を合わせるたびにどれほど不安に苛《さいな》まれたことか。まして校長と顔を合わせるときなど逃げ出したいくらいだった。

ミスター・フレッチャーは時間にうるさい人で、ジョージが五分も早くやってきたのを知ったら喜ぶに違いなかった。それどころか、もしかしたら驚きさえするかもしれない。ジョージはガウンを直すと角帽を脱ぎ、アウター・オフィスのドアをノックした。

「どうぞ」と、声が返ってきた。部屋に入ると、フレッチャーの秘書のミス・シャープが机に着いていた。何一つ変わっていないな、とジョージは思った。「お帰りなさい、ミスター・マロリー」彼女が言い、さらに付け加えた。「失礼かもしれませんけど、エヴェレストでの勝利のあと、あなたに再会できるのを、みんな本当に首を長くして楽しみにしていたんですよ」エヴェレストでの、か――ジョージは不満だった。エヴェレストの頂上での、ではないものな。「あなたがいらっしゃったことをお伝えしてきます」

「ありがとう、ミス・シャープ」ジョージは隣りの部屋へ入っていく秘書に声をかけた。

間もなくドアが開いて、彼女が言った。「すぐにお目にかかるそうです」

「ありがとう」もう一度礼を言って、ジョージはミスター・フレッチャーの研究室へ入っていった。ミス・シャープが部屋を出て、ジョージの背後でドアを閉めた。

「おはよう、マロリー」校長が机の向こうで立ち上がった。「時間に正確なきみを見るのはうれしい限りだ」

「どういたしまして」ジョージは応えた。「ここへ戻ってこられて、本当にうれしく思っています」そして、腰を下ろした。

「まずは」校長が言った。「過去六カ月のあいだにきみが成し遂げた偉業に祝意を表しよう。新聞は物事を誇張するきらいがあるが、そうだとしても、あとほんの少しの運があればきみが頂上に到達したのは間違いないと、みんなが思っているよ」

「ありがとうございます」

「それから、次の機会にきみの野心が満たされるのは疑いを挟む余地がないと私が言うときには、本校の全教職員の気持ちを代弁していると思ってもらってかまわない」

「次の機会はありません」ジョージは応えた。「私は誓って、もう登山はしないんです」

「しかし、きみもわかっていると思うが」校長がジョージの言葉など聞こえなかったかのように自分の話をつづけた。「チャーターハウスのような学校を経営するためには、常に全教職員を信頼できることが必須の条件なんだ」

「もちろんです、しかし――」

「兵役を免除されているにもかかわらず軍に志願するという決断をきみがしたとき、それ自体は立派なことだが、学校の時間割に深刻な混乱が生じた。それについてはあのとき、あらかじめ警告したはずだったな?」

「その通りです、しかし――」

「そして、私の考えを正しく取り入れて、エヴェレスト委員会からの招請を受けるときみが決めたときには、それが原因で学校経営はもっと大きな混乱を抱え込むことになった。きみが歴史の上級教員になった直後とあってはなおさらだった」

「申し訳ありません、しかし――」

「知っての通り、きみが留守のあいだは、ミスター・アトキンズに代わりをつとめてもらわなくてはならなかった。これは言っておかなくてはならないが、彼は見事な勤勉さと誠実さ、そして権威をもって務めを果たしているし、揺るぐことなく本校に尽くしてくれている」

「それは何よりです。しかし――」

「言っておかなくてはならないことはまだあるんだ、マロリー。きみが学期の初日に出勤できなかったとき、もちろんそれはきみの落ち度ではまったくないんだが、私はアトキンズを常勤の教員に格上げするしか、選択の余地はほとんど残されていないと考えた。その事実によって《イプソ・ファクト》意味されるのは、残念ながら、いまのところチャーターハウスにきみの席はないということだ」

「しかし――」ジョージは即座に、それでも、必死さが声に表われないようにして反論しようとした。

「エヴェレストのマロリーを教員に加える機会があれば、わが国の主導的な学校のほとんどが飛びつくはずだと、私は確信している。事実、私だって歴史の教員の一人を失ったら、補充教員の採用面接をする一番手の候補はきみにしようと考えるはずだ」

ジョージはもはや口を挟もうという気をなくしていた。容赦ないエヴェレストの東風に、ふたたび正面からさらされているような気分だった。

「これだけはわかっておいてもらいたいんだが、マロリー、きみは教職員と生徒、両方から尊敬され、愛されながらチャーターハウスを去ることになるんだ。もちろん言うまでもないことだが、きみが実に貴重な教員だったことを確認する推薦状を、私は喜んで書くつもりだ」

ジョージは沈黙しつづけた。

「こういう結果に終わるのは本意ではないし、残念だ。しかし、マロリー、チャーターハウス理事会、本校の全員、そして私自身を代表して付け加えさせてもらいたいのだが、この先きみが何をするにせよ、私たちはそれがうまくいくことを願っている。それがエヴェレストにもう一度一太刀浴びせようとすることだとわかれば、私たちはきみと思いをともにし、きみとともに祈るだろう」

ミスター・フレッチャーが机の向こうで腰を上げ、ジョージも立ち上がった。そして、恭しく握手をし、角帽を持ち上げて会釈をすると、何も言わずに研究室をあとにした。

ルースが夫に関するタイムズの記事を読んでいるとき、電話が鳴った。一日のこの時間に電話をしてくるのは、彼女の父親しかいなかった。

「もしもし」ルースは受話器を上げるや、陽気な声で応えた。「お父さんでしょ？」

「いや、違います、ミセス・マロリー。王立地理学会のヒンクスです」

「おはようございます、ミスター・ヒンクス」ルースはすぐさま声の調子を切り替えた。

「申し訳ありませんが、夫はいま留守にしていて、夕方まで帰ってこないと思いますが」

「いや、それは何よりです、ミセス・マロリー。実はあなたと内々に話ができればと思っていたのですよ」

ルースは注意深くヒンクスの話に耳を傾け、よく考えたうえで結論を伝えると約束した。そして、ふたたび新聞を読みはじめたそのときに、玄関が開く音が聞こえた。ジョージが慌ただしく客間へ入ってきて、向かいのソファにどすんと腰を下ろしたとき、ルースは驚いた振りをしながら敢《あ》えて訊いてみた。

「よくなかったの？」

「よくないどころか、最悪だよ」ジョージが言った。「あの野郎、ぼくを馘《くび》にしやがった。ぼくがあんまり信用できないんで、後釜にアトキンズを据えようとしているらしい。アトキンズは勤勉で、誠実で、もっと重要なのは信頼できるんだそうだ。校長ははっきりそう言ったよ。信じられるか？」

「ええ、信じられるわ」ルースは応え、新聞を畳んでサイド・テーブルに戻しながら付け加えた。「事実、そういうことになったとしても、心底意外だという振りはわたしはできないわね」

「そう言うからには根拠があるんだろう、マイ・ダーリン。それは何なんだ？」ジョージがさらにまじまじと妻を見つめた。

「十時にあなたに会いたいと、ミスター・フレッチャーが言ったからよ」

「どうしてそれが根拠になるんだ?」

「あの人の人生は時間割がすべてなんでしょ? もし何事もないのなら、マイ・ダーリン、あなただけでなくわたしも、夕方の六時に一杯飲もうと招待してくれたはずでしょう。あるいは、朝八時にあなたと面会する手配を整えたんじゃないかしら? だって、それなら彼が朝礼を行なうとき、あなたが彼と一緒に凱旋できるでしょ?」

「それなら、なぜ十時に会いたいと言ったのかな」

「なぜなら、その時間なら教員も生徒ももう教室にいて、あなたが学校へ出入りしても、だれからも声をかけられる心配がないからよ。実に細かいところまで考えて、最初から最後まで周到に計画したに違いないわね」

「お見事」ジョージが言った。「きみは一流の探偵になったようだな。これからぼくに何が起こるか、何か手掛かりはあるのかな」

「ないわ」ルースは認めた。「でも、あなたが出かけているあいだに、ミスター・ヒンクスから電話をもらったわ」

「来年の遠征で何かの役割を果たすつもりはぼくにはないと、はっきりそう言ってくれただろうね」

「そういう電話じゃなかったのよ」ルースは言った。「アメリカ地理学会があなたに東海岸での講演旅行をしてもらいたいみたいなの。ワシントン、ニューヨーク、ボストン……」

「勘弁してもらいたいな」ジョージは気乗りしない様子だった。「ようやく故郷《くに》へ帰ってきたばかりだというのに、どうしてまた外国へ出かけなくちゃならないんだ？」

「なぜなら、エヴェレスト登山の経験について六回講演をすれば、千ポンドの報酬があるからかもしれないわね」

「千ポンド？」ジョージが訊き返した。「チャーターハウスの三年分の給料より多いじゃないか」

「まあ、正確に言えば」ルースが言った。「アメリカ地理学会は二千ポンドまで支払ってもいいと考えているんだけど、王立地理学会がそれをあなたと折半したがっているのよ」

「ヒンクスにしては珍しく気前がいいな」ジョージは皮肉った。

「たぶんその理由も説明できるんじゃないかしら」と、ルース。「あなたがその申し出を断わった場合、アメリカ地理学会があなたの代わりに呼ぼうと考えている人物は一人しかいないみたいなの」

「そして、ヒンクスは絶対に、そのもう一人に同意するつもりがないというわけだ」ジョージは推測した。「それで、きみはヒンクスに何と答えたんだ？」

「あなたと話し合ってから、あなたの決断を知らせると言っておいたわ」

「だけど、ヒンクスはなぜまずきみに電話したんだろう？　ぼくと話したくなかった理由は何なんだ？」

「その講演旅行に同行したいかどうかをわたしから聞きたかったのよ」

「何という狡猾《こうかつ》な爺《じじい》だ」ジョージは言った。「将を射んと欲すれば、まず馬をってわけか」

「でも、わたしはそう簡単に射られるような馬じゃないわ」と、ルース。

「どうして？　昔からアメリカへ行ってみたいと言ってたじゃないか。それに、これを第二のハネムーンに変えることだってできるんだぞ」

「きっとあなたならわたしが同意せざるを得ないような理由を考え出すでしょうし、ミスター・ヒンクスだってそうに決まってる。でも、あなたは忘れてるみたいだけど、わたしたちには三人も子供がいるのよ」

「留守にしているあいだは、子守りに世話をしてもらえばいい」

「ジョージ、娘たちは半年ぶりにあなたの顔を見たのよ。ジョンに至っては、あなたがだれなのかも知らないのよ。その父親がようやく帰ってきたと思ったら、すぐにまたアメリカへ消えてしまうのよ？　ただ消えるんじゃなくて、母親を連れて六週間もよ？　だめよ、ジョージ、それは子供を育てる正しいやり方じゃないわ」

「それなら、ぼくはアメリカ行きに関心がないとヒンクスに伝えればいい」

「よかった」ルースが応じた。「天もご存じだけど、わたし、ようやく帰ってきたばかりのあなたに、また留守にしてほしくないんだもの」そして、ためらってから付け加えた。「いずれにせよ、アメリカへは次の機会にいつでも行けるしね」

ジョージはまっすぐに妻を見た。「まだ何か話すことがあるんじゃないのか？」

ルースがふたたびためらった。「一儲《ひともう》けできるこの申し出を断わる前に、アメリカ人の言葉をそのまま使うなら、あなたはいまが旬の人気者なのであって、アメリカという国はいたって熱しやすく冷めやすい国民性だということを忘れてはいけないって、ヒンクスが言ったの。それに、正直に言うと、これ以上簡単に千ポンドを手にできる方法を見つけられるかどうかは怪しいんじゃないかしら」

「もしこの申し出をぼくが受けなければ」ジョージは低い声で言った。「きみの父上とまたもや面会の約束を取りつけ、結局はさらに借金を重ねるしかないかもしれないな」

ルースは何も言わなかった。

「わかった、アメリカ行きに同意しよう。ただし、一つだけ条件がある」ジョージは言った。

「条件って？」ルースが不審そうに訊いた。

「数日間、きみがぼくと一緒にヴェネチアへ行くという条件だよ」と答えて、ジョージは付け加えた。「ただし、今度は二人きりでだ」

一九二三年

47

一九二三年　三月一日　木曜

汽船〈オリンピック〉がニューヨーク港に入るころには、ジョージはすでに一時間以上も甲板に立っていた。大西洋を渡る五日間、いつもルースが頭のなかにいた。

彼女は夫をサウサンプトンまで車で送り、彼が渋々別れて船上の人になると、自分は桟橋にとどまって、船が水平線上の小さな点になるまで見送った。

ミスター・アンド・ミセス・マロリーは約束通りヴェネチアで休暇を過ごしたが、同じ町でありながら、ジョージがこの前訪れたときとはどこか違っていた。なぜなら、今回はチプリアーニ・ホテルのスイートを予約したからだった。

「そんな余裕があるの？」父親がいつも使っているラグーン側のスイートから、ルースが窓の向こうを眺めながら訊いた。

「たぶんないと思う」ジョージは答えた。「だけど、これからアメリカで千ポンド稼ぐわけだから、そのうちの百ポンドを使って、この休暇を忘れられないものにするつもりでいるんだ」

「この前ヴェネチアへきたときだって、ジョージ、忘れられないものになったんじゃないの？」ルースが過去をほじくり返した。

ずいぶん遅い時間に朝食に下りてくるところから、ほかの客はほとんどが新婚カップルだと思われたが、この新婚カップルもまた、常に手をつなぎ、互いの目を見つめ合うのをやめず、サン・マルコ広場の鐘楼に登ること――内側からも――以外は、あらゆることをした。あれだけ長い時間離ればなれになっていたあとだったから、その数日が本当にハネムーンのように感じられ、互いについて新たな発見をすることになった。一週間後、オリエント急行がヴィクトリア駅で停まるころには、ジョージにとって一番嫌なのは、ふたたびルースと離ればなれになってアメリカへ行くことだった。

ザ・ホルトへ帰り着いたとき、待っていた未開封の郵便物のなかに銀行報告が混じっていなかったら、講演旅行を中止して、ここにとどまることさえ考えたかもしれない。

予想していなかった手紙がもう一通あって、ジョージはその褒め殺しのような招待を受けるべきかどうか、状況を考えて迷った。その決断をする前に、講演旅行がどういうものになるかがわかったような気がした。

船が港に入るときに抱いたニューヨークについての圧倒的な第一印象は、建物がどれをとっても凄《すさ》まじく大きいというものだった。摩天楼群のことは読んで知っていたし、最近の高級雑誌に掲載された写真でも見ていたが、実際に間近にすると、はるかに想像を超えていた。ロンドンで最も高い建物でさえ、この巨人のなかに混じると小人のように見えるに違いない。

ジョージは船の手摺りから身を乗り出し、桟橋を見下ろした。そこでは、群衆が賑やかに押し合いへし合いしながら笑顔で手を振っていた。愛する人や友だちが船を降りてくるのを待っているのだ。リー・キーディックの風貌がわずかでもわかっていたら、その人の群れのなかに新たな友人の姿を探したはずだった。そのとき、黒いコートを着た男性が目に留まった。長身で優雅なその人物は、〈マロリー〉と書かれたプラカードを掲げていた。

ジョージは両手にスーツケースを持って降りるや、その印象的な長身の人物を目指して歩き出した。そして、あと一歩のところまで近づくと、プラカードを指さして言った。

「私がマロリーです」

そのとき、ジョージは初めてその人物を見た。ベース・キャンプまでも絶対にたどり着けないだろうと思われる背が低くて肥《ふと》った男が、一歩前に出て挨拶しようとした。ミスター・キーディックはベージュのスーツに黄色の開襟シャツという格好で、鎖につないだ十字架を首から吊《つる》していた。ジョージは男が宝石を身につけているのを見るのも初めてだった。キーディックは身長が五フィートあるかどうかも疑わしかったが、その理由はたった一つ、彼の履いている鰐皮《わにがわ》の靴のヒールが、ルースが普段履いているもののそれよりも高かったからである。

「リー・キーディックだ」くわえていた火のついていない葉巻を手に持ち替えて、彼が名乗った。「あんたがジョージだな。ジョージと呼んでもいいかな」

「もう呼んでるじゃないですか」ジョージは応え、優しい笑みを浮かべた。

「これはハリーだ」キーディックが長身の男を指さした。「あんたがアメリカにいるあいだの専属運転手だ」ハリーが右手の人差し指で帽子の縁を触り、ジョージには小型の乗合い馬車を思わせる車の後部ドアを開けた。

「どうかしたかね?」ジョージが歩道に立ったままなのを見て、キーディックが訊いた。

「いや、何でもありません」ジョージは車に乗った。「ただ、いままでこんな大きな車を見たことがなかったものですから」

「最新型のキャディだよ」リーが教えた。

キャディってのはゴルファーのクラブを担《かつ》ぐ者のことだろうとジョージは思ったが、ジョージ・バーナード・ショウのかつての言葉がよみがえった――「イギリスとアメリカは共通の言語を持ちながら、それによって隔てられている二つの国だ」

「アメリカの糞最高級車《ファイネスト・ダーン・カー》だよ」キーディックが付け加えた。そのとき、ハリーがキャディを路肩から出し、朝の車の流れに合流させた。

「途中でだれかを拾うんですか?」ジョージは訊いた。

「イギリス人のユーモアのセンスも捨てたもんじゃないな」キーディックが言った。「だれも拾ったりするもんかね。この車はあんただけのものだ。いいかね、ジョージ、人々があんたを大物だと見ることが大事なんだよ。世間体をつくろわなくちゃだめなんだ。さもないと、この町ではどこへも行けないからな」

「こういう待遇をしてもらっているのは、つまり、私の講演の予約が順調だということですか?」ジョージは恐るおそる訊いてみた。

「明日の夜のブロードハースト・シアターのオープニングについては、それはもう押すな押すなさ」キーディックが一拍置こうと葉巻をつけた。「ニューヨーク・タイムズが好意《レイヴ》的に書いてくれれば、以降の講演旅行もうまくいくだろう。好意的どころかべた褒めだったりしたら、毎晩満員札止め間違いなしだ」

ジョージは〝レイヴ〟の意味を訊きたかったが、渋滞のなかをのろのろと進むキャディの窓から摩天楼群を見上げるだけで満足することにした。

「あれがウールワース・ビルディングだ」キーディックが窓を下ろしながら教えた。「七百九十二フィートという世界一の高さを誇る建物だよ。もっとも、高さ千フィートを超す建物の建設も計画されているがね」

「私が登り残した高さとほぼ同じですね」ジョージは応えた。そのとき、リムジンがウォルドーフ・ホテルの前で止まった。

駆けつけたベルボーイが車のドアを開け、そのすぐ後ろにつづいていた支配人が、キーディックが歩道に下りたとたんに笑みを弾《はじ》けさせた。

「やあ、ビル」キーディックが言った。「こちらがジョージ・マロリー、エヴェレストを征服した男だ」

「いや、そうではなくて」ジョージは否定しようとした。「事実は——」

「事実なんかいいんだよ、ジョージ」キーディックがさえぎった。「ニューヨークではだれも気にしちゃいないからな」

「おめでとうございます」支配人が握手の手を差し出したが、ジョージはホテルの支配人と握手をした経験など、過去に一度もなかった。「敬意を表して」と、支配人がつづけた。

「十七階のプレジデンシャル・スイートを用意させていただきました。ご案内いたします」彼らはフォワイエを突っ切って歩き出した。

「非常階段の場所を教えてもらえますか?」エレヴェーターに着く前にジョージは訊いた。

「あそこです」支配人が怪訝《けげん》な顔でロビーの反対側を指さした。

「十七階でしたよね」

「はい」依然として怪訝な顔で支配人が答えた。

「では、十七階で会いましょう」ジョージは言った。

「イギリスのホテルにはエレヴェーターがないのですか?」ロビーを横切り、〈非常階段〉と記してある扉をくぐったジョージを見て、支配人はキーディックに訊いた。「それとも、頭がおかしいとか?」

「いや、そんなことはない」キーディックが応えた。「イギリス人だというだけだ」

エレヴェーターが二人を十七階へ運び上げた。わずか数分後に、しかも息一つ切らせていない様子でジョージが廊下に現われたとき、支配人の驚きはさらに増した。

支配人はプレジデンシャル・スイートの鍵をあけ、客が部屋に入れるよう脇へ退《ど》いた。ジョージは部屋に入った瞬間、これは何かの間違いだと思い込んだ。このスイートはザ・ホルトのテニス・コートより広かった。

「妻と子供を同伴すると思っていたんですか?」ジョージは訊いた。

「いや」キーディックが笑い出した。「あんたが一人で使う部屋さ。いいかね、報道関係の連中がインタヴューしたがるかもしれないだろう。そのときに、あんたがイギリスでもこういう待遇を受けていると思わせることが重要なんだ。それを忘れないようにしてくれ」

「でも、私をこんな部屋に泊まらせる余裕があるんですか?」

「そんな心配をしてもらう必要はまったくないな」キーディックが一蹴した。「全部経費で落ちるんだよ」


「あら、声が聞けて何よりです、ジェフリー」電話の向こうから聞き慣れた声がしたとたんに、ルースは言った。「それにしても、ずいぶんご無沙汰じゃありませんか」

「いや、まったく申し訳ない」ジェフリー・ヤングが謝った。「インペリアル・カレッジで新しい役職についたために、学期期間中はあまり町を出ることができないんだ」

「そうですか。ところで申し訳ないんですけど、ジョージはいま家にいないんです。アメリカへ講演旅行に行っているんですよ」

「知っているよ」ヤングが言った。「先週、ジョージから連絡があって、仕事を探しているから、何かそういう話があったら知らせてほしいと言ってきたんだ。それで、ケンブリッジに一つ見つかって、それが彼にうってつけだと思うんだが、まずはきみに知らせるべきだと考えたというわけだよ」

「お心遣いをいただいてありがとうございます、ジェフリー。今度わたしがロンドンへ行ったときにお目にかかりましょうか？」

「とんでもない」ヤングが言った。「いつでもガダルミングへ飛んでいくよ」

「いつを考えていらっしゃったんですか？」

「今度の木曜でどうだろう」

「もちろん結構ですとも。その晩は泊まっていただけるんですか？」

「ありがとう。きみさえ不都合でなければ、そうさせてもらいたい」

「仮にひと月泊まると言われても、ジェフリー、不都合なんてことがあるもんですか」


ニューヨークの最初の夜、ジョージは眠ることができなかった。五日かかって大西洋を渡っていたから、時差のせいではなかった。ひっきりなしに車の走る音がし、警察車両や救急車のサイレンが絶え間なく悲鳴を上げつづける町で眠った経験がなく、そういう音に西部戦線を思い出させられたからだった。

ついに眠るのを諦めてベッドを出ると、セントラル・パークを望む窓際の大きな机に向かって腰を下ろした。講演の内容をもう一度おさらいし、大きなガラスのスライドを確認した。ありがたいことに、イギリスからの船旅のあいだ、ガラスは一枚も割れていなかった。

キーディックが〝オープニング・ナイト〟と言いつづけているものについての懸念《けねん》が徐々に大きくなりつつあった。失敗《フロップ》――キーディックが連発するもう一つの単語だった――したらどうなるかを考えまいとした。それでも、売れ残っているのはわずか数席だけであり、いまや問題はニューヨーク・タイムズが講演をどう評価するかだけなのだとどんなに代理人が保証してくれても、安心はできなかった。結局のところ、自分は山のほうが好きなのだ、とジョージは考えた。ニューヨーク・タイムズが自分たちのことをどう思おうと、山は気にしない。

二時間後、ふたたびベッドに潜り込むと、四時ごろになってようやく眠ることができた。

ルースは窓際の椅子に坐り、アメリカにいるジョージから届いた最初の手紙に読み耽《ふけ》っていた。キャディとセントラル・ヒーティング付きのプレジデンシャル・スイートのくだりを読んだときには、思わず噴き出してしまった。ジョージなら屋上にテントを張って、そこで十分に満足するんでしょうね。もっとも、ウォルドーフがそういう注文を聞いてくれればだけど。ページをめくったとき、彼女は初めて眉をひそめた。夫が〝オープニング・ナイト〟をひどく重圧に感じているのが心配だった。彼は手紙の結びで、当日の夜ホテルへ戻ったら、講演がどう受け止められたか、その結果をすぐに書いて知らせると約束していた。ニューヨーク・タイムズの批評をジョージより先に読めないのが、ルースは残念でならなかった。

ドアにノックがあり、ジョージがドアを開けると、リー・キーディックが笑顔で廊下に立っていた。服装はいつもの開襟シャツの色が緑に変わっていて、スーツはケンブリッジの洒落者《しゃれ》学生が着ればもっとふさわしいはずの、微妙な色合いのライト・ブルーだった。ジョージの周りの鎖は銀から金に格上げされ、鰐皮の靴は白いエナメル革に変更されていた。ジョージは思わず苦笑した。リー・キーディックに較べれば、ジョージ・フィンチのほうがまだしも上品だ。

「気分はどうかな?」キーディックが部屋へ入りながら尋ねた。

「心配ですよ」ジョージは認めた。

「そりゃ無用の心配ってもんだ」キーディックが言った。「みんな、あんたを大好きになるに決まってる」

興味深い観察だ、とジョージは思った。キーディックはおれを数時間しか知らないし、おれが人前で話すところなど聞いたこともないだろうに。しかし、クライアントがだれであれ、おれに対するのと同じ常套句《じょうとうく》を連発するんだろう。

ホテルの前では、ハリーが車のそばに立っていた。彼に後部ドアを開けてもらって車に飛び乗ったジョージは、困難な登山の前よりもはるかに強い不安に苛まれていた。劇場まで一度も口を開かず、キーディックが沈黙を守ってくれていることに――そのせいで葉巻の煙が車内に充満したとしても――感謝した。

ブロードハースト・シアターの前で車が止まり、自分の講演の宣伝ポスターを見たとたん、ジョージは弾かれたように笑い出した。

いますぐ予約を！

ジョージ・リー・マロリー

単独でエヴェレストを征服した男

次週：ジャック・ベニー

彼はヴァイオリンを弾《ひ》いている若者の写真を見て微笑し、自分の次が音楽家であることをうれしく思った。

歩道へ降りたとき、膝が震えるのがわかった。心臓は頂上まで数フィートの地点にいるときのように激しく打っていた。キーディックに案内されて狭い通路を楽屋へ向かうと、そこで待っていた助手が合流して石造りの階段室を上がり、銀の星がついたドアの前に出た。ステージに上がる前にもう一度会いにくると言い残して、キーディックは出ていった。ジョージはいくつかの裸電球が大きな鏡を取り巻いている、寒くて少し黴《かび》臭いドレッシング・ルームに独り残された。最後にもう一度講演の復習をしていると、生まれて初めて、頂上へたどり着く前に引き返したくなった。

ドアが低くノックされ、声が告げた。「十五分前です、ミスター・マロリー」

ジョージは深呼吸をした。ややあって、キーディックが入ってきて言った。「さて、そろそろおっぱじめるか」そして、ジョージの前に立って石造りの階段を下り、煉瓦《れんが》の通路を抜けてステージの袖まで連れていくと、こう言い残して去っていった。「頑張れよ、最前列で声援を送るからな」

ジョージはステージ袖を往きつ戻りつした。開演時間が迫るにつれて、不安がいや増していった。カーテンの向こう側から賑やかな話し声が聞こえているにもかかわらず、そこに何人の聴衆がいるのか、皆目見当がつかなかった。売れ残りのチケットはほんの数枚しかないというのは、キーディックの誇張ではないのか？

七時五十五分、白いタキシード姿の男がジョージの横へきて言った。「やあ《ハイ》、司会のヴィンスです。あなたを紹介することになってるんだが、名前に特別な発音をする部分がありますか？」

生まれて初めてされる質問だった。「いや、ありませんが」ジョージは答えた。

カーテンが上がるまでの不安を紛らわせたくて、あたりを見回し、だれか話し相手を捜した。だれでもよかった。キーディックの姿を見るだけでもいい。斬首される直前のウォルター・ローリーの気持ちが、いま初めてわかった。そのとき不意に、何の前触れもなくカーテンが上がり、司会者が颯爽とステージへ出ていった。「紳士淑女のみなさん、今宵《こよい》、みなさんに楽しみを提供できるのは私の歓《よろこ》びとするところです。エヴェレストを征服した男、ジョージ・マロリーをご紹介します」

少なくとも〝単独で〟とは付け加えなかったなと思いながら、ジョージはステージへ出ていった。ほとんど息もできないような気がしたが、温かい拍手に迎えられたとたん、気持ちはあっという間に落ち着いた。

ためらいがちに話しはじめたが、その理由の一つに、聴衆が見えないことがあった。ス、テージの向こうのどこかにいるに違いないのだが、いくつかのスポットライトが自分に向かって当てられているせいで、最前列より奥を見通すことができないのだ。それでも、ものの五分としないうちに、講演者というよりも役者のように扱われるという奇妙な体験にも慣れることになった。間欠的に湧き上がる拍手喝采——ときどき笑いさえ上がった——が励ましてくれた。始まりこそぎこちなかったものの、それから一時間近く、ジョージは何とか話をつづけた。質疑応答の開始を宣言して明かりがついたとき、どれだけの聴衆がそこにいるかが初めてわかった。

席はほとんど埋め尽くされて、二階正面にわずかに暗いままの部分があるだけだった。ジョージがほっとしたことに、ずいぶん多くの聴衆がおざなりでない質問の手を挙げてくれ、そのなかには経験豊かなアルピニストや純粋なファンがいて、実際的な、意味のある、思慮深い意見を述べてくれた。それでも、危うく面喰らい《スタンプ》——質問者がその言葉の由来を知っていたはずはないけれども——そうになったのは、三列目に坐っているほっそりとしたブロンドの女性がこう訊いたときだった。「そういう遠征にかかる費用はどのぐらいでしょう。教えていただけますか、ミスター・マロリー」

ジョージはしばらく沈黙したが、それは単に答えを知らないというだけが理由ではなかった。「それは私にはわかりません、マダム」彼は何とか答えた。「財政的なことについては、王立地理学会がすべて処理しているのです。しかし、王立地理学会が近い将来、資金を調達するためのアピールを行なうことはもちろん知っています。実は、来年早々にふたたび遠征を行なうことになっていて、その目的はたった一つ――」〝イギリス人を〟と言おうとして、危うく思いとどまった。「隊員の一人を頂上に立たせることです」

「わたしたちはその資金調達への協力を考えるかもしれませんが」またもや、その若い女性が訊いた。「その場合に、あなたがその隊の一員になると考えてもかまいませんか？実際には登攀隊長ということですけど？」

ジョージはためらわなかった。「いえ、それはありません、マダム。次回、王立地理学会はほかのだれかを隊長にしなくてはならないと、私はすでに妻に約束してあるのです」驚いたことに、聴衆からいくつか失望の呻《うめ》きが漏れ、一つか二つ、〝何てこと！〟と、くぐもった悲鳴さえ上がった。

さらに二つの質問に答えたあと、ジョージは気を取り直し、キーディックが袖から聴衆に聞こえるように言ったときには、多少残念でさえあった。「そろそろ終わりの時間だ、ジョージ」

ジョージはすぐさま頭を下げ、急いでステージを降りた。聴衆が拍手を始めた。

「そんなに急ぐことはないんだ」キーディックに押し戻されてふたたびステージに出ると、

聴衆から笑いと、さらに大きな拍手が湧いた。実際、最終的にカーテンが下りるまで、三回もステージへ押し戻されなくてはならなかった。

「いや、大成功だ」リムジンの後部座席で、キーディックが言った。「あんた、すごいな」

「本当にそう思ったんですか？」ジョージは訊いた。

「最高だったよ」キーディックが答えた。「あとは、批評家が今夜の聴衆と同じぐらいあんたを愛してくれるのを祈るだけだ。ところで、エステル・ハリントンに会ったことがあるのか？」

「エステル・ハリントン？」ジョーイは鸚鵡《おうむ》返しに訊いた。

「次の遠征であんたが登山隊を率いるのかと質問したご婦人《デイム》だよ」

「いや、生まれてから一度も会ったことがありませんね」ジョージは答えた。「なぜそんなことを訊くんです？」

「彼女は段ボール箱未亡人と呼ばれて有名なんだ」リー・キーディックが言った。「いまは亡き夫のジェイク・ハリントンが段ボール箱を開発し、そのおかげで、彼女は計算できないくらいの大金を遺産として受け取ったというわけだ」そして、深々と葉巻を吸い、一気に紫煙を吐き出した。「この何年か、ゴシップ欄は彼女の話でもちきりで、私もずいぶん読ませてもらったが、登山に興味があるとはこれっぽっちも知らなかったな。もし彼女がこの講演旅行のスポンサーになってくれれば、われわれもニューヨーク・タイムズの心配なんかしなくてもよくなるんだがな」

「それが重要なんですか？」

「新聞が束になってもかなわないぐらい重要だよ」

「それで、その判決はいつ下されるんです？」

「数時間後だ」キーディックが答え、ふたたび盛大に紫煙を吐き出した。

48

「労働者教育協会だ」庭を散策しながら、ジェフリー・ヤングが言った。

「聞いたことのない名前ですね」ルースは応えた。

「労働運動の草創期に設立された、若いころにきちんとした教育を受ける機会を持てなかった者を支援し、それによって後の人生をよりよいものにしてもらうことを目的とする団体だよ」

「ジョージのフェビアン主義ともぴったり一致しそうですね」

「私の考えでは」ヤングが言った。「まさに彼のためにある仕事だ。彼の教育者としての経験を、政治と教育に組み込むことができるんだからね」

「でも、そのためには一家でケンブリッジへ移らなくてはならないんでしょうね」

「そうなんだ。気の毒だが、そういうことになる。だけど、生活するのにもっとよろしくないところはいくらでもあるからね」ヤングが言った。「それに、向こうにはジョージの友人がまだたくさんいるしな」

「お話しておいたほうがいいと思うんですけど、ジェフリー、実はジョージは、彼が財政状態と呼ぶものについてひどく不安を募らせているんです。この前の手紙を読んだ限りでは、講演旅行も思っていたほどにはうまくいっていないようですし」

「それは残念だな」ヤングが同情した。「しかし、私の言っている仕事の基本給が年間三百五十ポンド、超過授業をすればさらに百五十ポンドの上乗せがあることはもちろんわかっている。つまり、合わせれば五百ポンドほどになるということだ」

「それなら」ルースは言った。「ジョージはそのチャンスに飛びつくと思います。仕事はいつから始めればいいんでしょう？」

「来年の九月からだ」ヤングが答えた。「それはつまり、敢えて言わせてもらうなら、ジョージに再考の余地が生まれさえする――」

「いまは待ってください、ジェフリー」ルースは家のほうへ引き返しながらさえぎった。「その問題については夕食のときに話し合うことにしませんか？　とりあえずは家に戻って荷物を片づけ、七時ごろに客間にいらっしゃってください」

「さっき私が言いかけたことだが、無理に話し合う必要はないんだよ、ルース」

「いいえ、大ありです」ルースは応え、二人はゆっくりと家へ入っていった。

「タクシー！」キーディックが叫び、タクシーがタイヤを鳴らして止まると、ジョージのために後部ドアを開けた。ハリーもキャディも、どこにも姿が見えなかった。

「それで、どのぐらいおもわしくないんですか？」ジョージは後部座席に沈み込みながら訊いた。

「まあ、あまりいいとは言えないな」キーディックが認めた。「ニューヨーク・タイムズが好意的な批評を書いてくれたにもかかわらず、ニューヨーク以外でのチケットの売れ行きはいまだに――」そして、窓の外へ目をやった。「――まあ、喜べる状況にはないと言っておこうか。もっとも、超大物のファンが一人、できるにはできたがね」

「何のことです？」

「おいおい、ジョージ、エステル・ハリントンが講演を一つ残らず聞きにきていることぐらい、あんただって気づいているだろう。今夜も姿を現わすほうに全財産を賭けてもいいぐらいだ」

「ともかく、少なくとも今夜の講演のチケットは売り切れているわけだけど」ジョージは必ず顔を見せるミセス・ハリントンから話題をそらしたかった。

「〝売れた〟という言い方は間違ってるな」リー・キーディックが訂正した。「学生を無料《ただ》

──まったく不愉快な言葉だ──にすることに同意しない限り、あいつらは契約書にサインしないんだから」

「ボルティモアとフィラデルフィアはどうなんです?」ジョージは訊いた。そのとき、タクシーがカーヴを切って幹線道路を外れ、ジョージが昔から訪れたいと思い、しかし、そこで講演するとは想像もしていなかったキャンパスへ入っていった。

「申し訳ないんだが、オールド・バディ」キーディックが葉巻を吹かす合間に言った。「両方とも中止にせざるを得なかった。さもないと、ここまでに稼いださささやかな金もお釈迦《しゃか》になる恐れがあったんでな」

「そんなにチケットの売れ行きが悪いんですか?」ジョージは訊いた。

「悪いなんてなまやさしいもんじゃない。残念だが、講演旅行は途中で切り上げるしかないようだ。実は、もうあんたのために、金曜にニューヨークを出港する〈サクソニア〉を予約してある」

「しかし、それはつまり──」

「今夜が最後だ。だから、絶対にいい講演にしてくれよ」

「それで、いくら儲かったんですか」ジョージは声をひそめて訊いた。

「いまは正確な数字はわからない」キーディックが答え、タクシーはハーヴァードの学長の官舎の前を通り過ぎた。「一、二件、経費を立て替えてあるんだが、その計算がまだすんでいないんでね」

ジョージはニューヨークへ発つ前の日に、ザ・ホルトに届いた手紙のことを考えた。この講演旅行が不首尾に終わり、期待していた儲けを手にできなくなったとヒンクスが知ったら、王立地理学会の定期講演への招待も撤回されるだろうか？　おれのほうから招待を辞退し、不必要な恥を王立地理学会にかかせないようにするのが最善策かもしれない。

「今夜はずっとあの話題を避けていらっしゃるんですね」ヤングを客間に案内しながら、ルースが言った。

「いや、実においしかったよ」ジェフリー・ヤングがソファに坐りながら言った。「それに、あなたの女主人《ホステス》ぶりも見事だった」

「相変わらずお世辞が上手なんですね、ジェフリー」ルースはコーヒーのカップを彼に渡し、向かいの椅子に腰を下ろした。「それで、次のヒマラヤ遠征への不参加をジョージはもう一度考え直すべきだとわたしを説得できないかと、また、本当に彼が不参加を望んでいるとわたしが確信できないでいるとしたら、説得できる可能性はあるんじゃないかと、そう考えてここへいらっしゃったんですか？」

「ぼくたちはお互いに偽りのないところを話しているのかな」ヤングが訊いた。

「もちろんです」と答えたものの、ルースはいささか意表をつかれたように見えた。

「ニューヨークへ発つ直前によこした手紙で――彼自身の言葉を引用するなら――、いまでも、自分の途方もない夢を実現するチャンスがもう一度ほしいと思っていると、そう言っているんだ」

「でも――」ルースは反論しようとした。

「彼はまた、あなたが完全に支持してくれるのでない限り、二度とあなたを一人きりにしようとは思わないとも言っている」

「でも、どんな条件が提示されようと二度と戻らないと、彼はもうわたしに言ってるんですよ？」

「彼はさらに、自分の本心をあなたに知らせないでくれと懇願している。だけど、こうやって話してしまった。彼の信頼を裏切ったわけだ」

「なぜもう一度あの試練に立ち向かいたがるのか、彼は十分な理由をあなたに明らかにしているんでしょうか？」ルースは訊いた。

「明白な一つの理由を別にして？　もし成功したら発生する臨時収入のことを考えてみればいい」

「あなたもわたしと同じぐらいよくおわかりでしょうけど、ジェフリー、あの人はお金のためにエヴェレストに立ち向かったんじゃありません」

「彼がいまの経済状態を不安がっていると、ぼくに念を押したのはあなただよ」

ルースはしばらく沈黙したあとで、ようやく口を開いた。「わたしの本心についてジョージに嘘をつくことに――そして、それは嘘に決まっているけれども――ここで同意するとしても、彼を山へ駆り立てるのはこれが最後だと約束してもらわなくてはなりませんよ、ジェフリー」

「それはそうならざるを得ないだろう」ヤングが言った。「ジョージが労働者教育協会の指導者として職を得たら、理事会は彼が一度に半年も留守にするのを喜ばないだろうからね。それに、率直に言えば、王立地理学会がまたもや登山を考えるころには、彼は年齢《とし》を取りすぎているよ」

「だれかアドヴァイスを求められる人がわたしにいてくれればいいんですけど」

「あなたがくぐり抜けることになるものを正確にわかってくれるある人に、セカンド・オピニオンを求めればいいんじゃないのかな」

「心当たりがあるんですか?」ルースは訊いた。

ヤングから話を聞き終えると、ルースは一つだけ質問した。「彼女はわたしに会ってくれるかしら」

「もちろんだ。何しろ、エヴェレストのマロリーの妻に会うんだからね」

部屋の奥のほうでキーディックとおしゃべりをしている美人がだれか、ジョージはすぐにわかった。忘れようにも忘れるはずがなかった。

「おめでとう、ミスター・マロリー、実に刺激的な講演でした」ハーヴァードの学長が褒めちぎった。「講演を聴いてあんなに興奮するのは珍しいことです。次の遠征にも参加されるんでしょうな？」

「ありがとうございます、ミスター・ローウェル」と言っただけで、ジョージは次の遠征には参加しないのだともう一度繰り返す手間を省いた。「このレセプションを開いてもらったことにも感謝します」

「どういたしまして」ミスター・ローウェルが応えた。「たった一つ恨みがあるとすれば、禁酒法のせいでオレンジ・ジュースとコカ・コーラしかないことですがね」

「オレンジ・ジュース、結構じゃないですか。ありがとうございます」

「どうやら学生の大半があなたに質問したくてうずうずしているようなのですよ、ミスター・マロリー」ミスター・ローウェルが言った。「だとすれば、私があなたを独占するわけにはいきません」そして、キーディックと話している女性のところへ歩いていった。

間もなく、ジョージは熱心な若い顔に取り囲まれ、自分のケンブリッジ大学時代を思い出すことになった。

「いまでも足の指は全部あるんですか?」一人の若者がジョージの爪先を見て訊いた。

「今朝、風呂に入ったときには、まだ十本揃っていたよ」ジョージは笑って答えた。「しかし、友人のモーズヘッドは手の指を二本、足の指を一本失い、憐れなノートン大尉は登った高さの新記録を作ったあとで、右耳の縁を半分切り取ることになった」

背後から質問の声が聞こえた。「アメリカにもあなたが挑戦する価値があると思われる山があるんでしょうか」

「あるとも」ジョージは答えた。「マッキンレー山はヒマラヤでそう思ったどの山にも負けず劣らず難しそうだし、ヨセミテ渓谷のいくつかの頂は、最も経験豊かな登山家でさえ、その技術を試すのにふさわしい難度ではないのかな。きみがロック・クライミングに興味があって、自分の腕を証明したいのなら、ユタやコロラドより向こうを見る必要はない」

「昔から疑問に思いつづけていることがあるんですが、ミスター・マロリー」真剣な顔の若者が言った。「なぜわざわざ登るんです?」

ついさっきジョージのところへ戻ってきていた学長が、ばつの悪さをごまかそうと咳払《せきばら》いをした。

「その質問の答えは簡単だ」ジョージは言った。「そこにそれがあるからだよ」

「しかし――」

「話の邪魔をして申し訳ないんだが、マロリー」ミスター・ローウェルが口を開いた。「ミセス・ハリントンがどうしてもあなたに会いたいとのことなんですよ。いまは亡きご主人は本学の卒業生で、実に気前のいい後援者だったんです」

ニューヨークで遠征費用について質問し、それ以降一回も欠かさずに講演を聴きにきている若い女性と、ジョージは笑顔で握手をした。彼女はここにいる学生の何人かとあまり年齢が違わないように見え、少なくとも三番目のハリントン夫人に違いないとジョージは推測した。さもなければ、キーディックが形容しつづけているところの段ボール箱キングが、人生の最晩年に初めての結婚をしたかだ。

「恥ずかしながら、エステル」ミスター・ローウェルが言った。「あなたが登山に関心を持っているとは露ほども知らなかったよ」

「ミスター・マロリーのカリスマの虜《とりこ》にならない人なんているのかしら――」マロリーはその言葉がそういうふうに使われるのをこれまで聞いたことがなく、それが実際に第二の意味（第一の意味は神学用語で〝聖霊の賜物〟）を持っているかどうかを知るためには、辞書を引かなくてはならなかった。「もちろん、わたしたちはみんな――」ミセス・ハリントンが興奮気味にまくしたてた。「彼が人類として最初にあの山の頂上に立ち、帰ってきて、その話をわたしたちにしてくださるのを願っているんですよ」

ジョージは苦笑しながら、軽く頭を下げた。「ニューヨークで説明した通り、ミセス・ハリントン、私はもうそのつもりは――」

「ところで」ミセス・ハリントンがつづけた。明らかに、自分の話をさえぎられた経験がないようだった。「今夜の講演を最後に、イギリスへお帰りになるというのは本当ですか？」

「残念ながら本当です」ジョージは認めた。「明日の午後の列車でニューヨークへ戻り、翌朝、サウサンプトンへ向かって出港します」

「あら、ニューヨークへいらっしゃるのなら、ミスター・マロリー、明日の夜、お酒を付き合っていただけないかしら」

「本当にありがとうございます、ミセス・ハリントン、しかし残念ですが――」

「いまは亡きわたしの主人はとても気前のいい後援者でした。そういう主人ですから、必ずやあなたの大義にかなうように十分な寄付をわたしにさせたがっているに違いありません」

「十分な、ですか？」ジョージは繰り返した。

「わたしが考えているのは——」彼女はそこで間を置いた。「——一万ドルです」

ジョージはすぐには言葉が出なかった。「しかし、私がニューヨークに着くのは明日の夜の七時ごろですよ、ミセス・ハリントン」

「それなら、八時にあなたのホテルへ車を迎えに行かせます。それから、ジョージ、わたしのことはエステルと呼んでちょうだい」

朝食が片づけられ、子守りが朝の散歩に子供たちを連れていってしまうと、ルースは客間へ行き、窓際のお気に入りの椅子に腰を落ち着けて、届いたばかりのジョージの手紙の封を切った。

一九二三年　三月二十二日

最愛のルース

ぼくはいま、ボストン‐ニューヨーク間を走る列車に坐っている。珍しくいいニュースだ。ハーヴァード大学はこれ以上は望めないほど素晴らしかった。タフト・ホールが満員になった——キーディックに言わせれば、垂木《たるき》からも人がぶら下がっていたそうだ——だけでなく、学生や教員たちが、これ以上はないと思われるほど盛大な歓迎をしてくれたんだ。

禁酒法のせいでオレンジ・ジュースしか飲めなかったにもかかわらず、学長主催のレセプションが終わったときには気分が高揚していた。だけど、今朝起きたときには現実に引き戻されていたよ。講演旅行は途中で切り上げられ、予定よりはるかに早くイギリスへ帰ることになってしまった。無理やりにでもきみを連れてこなかったことが悔やまれる。だって、結局はひと月にもならない旅だったんだから。もちろん、ヴェネチアでの短い休暇は、サン・マルコ広場の鐘楼には登らなかったけど、忘れがたいものだったけどね。これは来週には帰ることを知らせるための手紙なんだ。いつサウサンプトンに入港するか、詳しいことがわかったら、船から電報を打つよ。

もう一つのいいニュースは、今夜ニューヨークで、王立地理学会の資金を積み上げる最後のチャンスを与えられたことだ。

講演旅行が途中で終わりになって唯一よかったのは、予想外に早くきみと子供たちの顔を見られることだ。だけど、現実に戻ろう。そっちへ帰ったら、まず最初に職探しを始めなくてはならないな。

もうすぐ会えるよ、マイ・ダーリン。

きみの愛する夫

ジョージ

ルースは微笑して手紙を封筒に戻し、自分の机の最上段の引き出しにしまった。そこには何年にもわたってジョージが書いてよこした手紙が、一通も欠けることなくしまってあった。彼女はマントルピースの上の時計へ目を走らせた。ロンドン行きの列車がガダルミングを出るまでまだ一時間あったが、かなり余裕を見て駅へ向かうほうがいいような気がした。今度の約束には遅れるわけにいかなかった。

49

九時になる数分前、ジョージは西六十四丁目にあるブラウンストーン貼りの住宅の玄関をノックした。黒い燕尾服《えんびふく》に白いタイの執事が玄関に出迎えた。

「いらっしゃいませ、ミセス・ハリントンがお待ちでございます」

案内されて応接間へ入ると、ミセス・ハリントンがマントルピースのそばに立っていて、その上に、浴槽を出ようとする裸婦を描いたボナールの油彩画が掲げられていた。女主人《ホステス》は明るい赤の、膝を露わにした絹のドレス姿だった。婚約指輪も結婚指輪も影も形もなく、装飾品はダイヤモンドのネックレスと、やはりダイヤモンドのブレスレット以外、身につけていなかった。

「ありがとう、ドーキンズ」ミセス・ハリントンが言った。「もう結構よ」そして、執事が部屋を出る直前に付け加えた。「今夜はもうお願いする用事はないと思うわ」

「承知いたしました、マダム」執事がお辞儀をし、応接間を出てドアを閉めた。ジョージは鍵が回る音を確かに聞いた気がした。

「どうぞ、お坐りになって、ジョージ」ミセス・ハリントンがソファを示した。「飲み物は何がよろしいかしら。お作りするわ」

「オレンジ・ジュースをお願いします」ジョージは言った。

「冗談でしょ」ミセス・ハリントンは部屋の反対側へ行くと、革装のディケンズの『困難な時勢』に触った。すると、すぐに本棚が回転し、代わりに飲み物用のキャビネットが現われた。「スコッチ・アンド・ソーダでよろしいかしら？」彼女が言った。

「私について知らないことなんかないようですね」ジョージは苦笑した。

「いいえ、一つか二つはまだ知らないことがあるわ」ミセス・ハリントンが隣りに腰を下ろし、ドレスが何インチか膝の上にずり上がった。「でも、ちょっと時間をくださいな。知らないところがないようにするから」ジョージは神経質にネクタイに触った。「ねえ、教えてくださらないかしら、ジョージ、わたしのささやかな寄付は次の遠征のどんな役に立つのかしら」

「これは嘘でも何でもありませんが、ミセス・ハリントン」ジョージはスコッチに口をつけた。彼のお気に入りのブレンドでもあった。「手に入れられるのなら、一ペニーだって必要なんです。この前の遠征で一つ学んだんですが、私たちはまったく準備が不十分でした。スコット大佐が南極点へ向かったとき直面したのも、同じ問題です。そのせいで、大佐自身も探検隊も、一人残らず落命することになったんです。私は仲間にそんな危険を負わせたくありません」

「あなたって本当に真面目なのね、ジョージ」ミセス・ハリントンが寄りかかり、ジョージの腿を軽く叩いた。

「真面目な事業なんですよ、ミセス・ハリントン」

「エステルと呼んでくださいな」彼女が脚を組み、黒いストッキングの上端が露わになった。「今度は頂上にたどり着けるのかしら」

「可能性はあります。しかし、常に多少の幸運が必要です」ジョージは言った。「とりわけ、天候に恵まれなくてはなりません。三日、いや、二日でも、晴天無風の日がつづいてくれれば、チャンスはあるでしょう。私の場合は、そのチャンスが訪れたと思った瞬間に災厄が降りかかりましたがね」

「わたしにチャンスが訪れたら」ミセス・ハリントンが言った。「もちろん災厄が降りかからないことを願うでしょうね」その手はいまやジョージの腿に置かれていた。彼はミセス・ハリントンのドレスの色を見て、脱出ルートを探す潮時だと判断した。「神経質になる理由なんて一つもないでしょう、ジョージ。これはだれも気づくことがなく、災厄で終わることもない、ささやかな冒険なんですもの」

ジョージが立ち上がって踵を返そうとした瞬間、彼女が付け加えた。「あなたがあの山の頂上に立ったら――必ずそうなると信じているけど――ジョージ、少しはわたしのことを思ってくださるわね」

そして、袖のなかから一枚の紙を取り出し、自分の前のテーブルに広げて置いた。ジョージがその小切手を見下ろすと、そこには〝支払い先：王立地理学会　一〇〇〇〇ドル〟と記されていた。彼はヒンクスのことを考え、もう一度腰を下ろした。

「というわけで、ジョージ、わたしの提案をちょっと考えてもらえないかしら。そのあいだに、もう少しくだけたものに着替えてくるから。わたしがいなくても、飲み物は勝手にやってちょうだいね。わたしのはジン・アンド・トニックよ」そう言って、ミセス・ハリントンは応接間を出ていった。

ジョージは小切手を手に取り、自分の財布に入れようとした。そのとき、二枚のドル紙幣のあいだから小さな写真の縁がのぞいているのがわかった。肌身離さず持ち歩いている、ハネムーンのときに撮ったルースの写真だった。それを取り出し、微笑して財布に戻すと、小切手を真ん中から引き裂いた。ドアの前に立ってゆっくり把手《とって》を回してみたが、鍵がかかっているとわかっただけだった。王立地理学会はこの講演旅行をフィンチにやらせるべきだったんだ、とジョージは恨んだ。そうすれば、学会の金庫に一万ドルが積み上げられるのは間違いないし、ミセス・ハリントンはいい投資をしたと満足しただろうに。

ジョージは部屋の反対側へ行くと、掛け金を外して静かに窓を開けた。そして、顔を突き出し、一番見込みのあるルートを見つけようとした。この建物のファサードが平らに並べられた大きな粗い板石でできているのを見てうれしくなった。彼は横桟に出るとゆっくり建物を降りはじめ、地面まで五フィートになったところで一気に歩道へ飛んで、急いで通りを渡った。登山家は後ろを振り返るべきでないとわかっていたが、そうしたいという気持ちに抗《あらが》えず、しかも、それはきちんと報いられた。そこの上階の窓に立っていたのは、ほとんど想像力を働かせる必要もないほど薄く透き通ったネグリジェ姿の美人だった。

「しまった」ジョージはルースへのプレゼントを買い忘れたのを思い出して腹を立てた。

ルースはタイト・ストリート三十七番地の玄関をそうっとノックした。すぐにメイドがドアを開け、慇懃《いんぎん》に言った。「おはようございます、ミセス・マロリー。ご案内いたしますが、よろしいでしょうか」

ルースが応接間に入ると、女主人が暖炉のそばに立っていた。その上には、南極点へ迫りつつある、いまは亡き夫の油絵が掛かっていた。簡素な黒のロング・ドレスを着て、化粧はしている様子がなく、婚約指輪と結婚指輪以外、装飾品は身につけていなかった。

「お目にかかれてこんなうれしいことはありません、ミセス・マロリー」キャスリーン・スコットが握手をし、自分の向かいの坐り心地のよさそうな椅子にルースを坐らせようとした。「さあ、暖炉のそばへいらっしゃい」

「お目にかからせていただいて、本当にありがとうございます」ルースは言った。腰を下ろすと、さっきのメイドが銀の盆にお茶とビスケットを載せてふたたび現われ、自分の女主人の横のテーブルに置いた。

「あとはわたしたちでやるわ、ミリー」スコット大佐の未亡人が言った。「それから、しばらくは電話も何も取り継がないでちょうだい」

「かしこまりました」メイドが部屋を出て、静かにドアを閉めた。

「インドの紅茶がよろしいかしら、ミセス・マロリー、それとも中国？」

「インドの紅茶をいただきます」

「ミルクと砂糖は？」

「ミルクだけで結構です、すみません」

スコット未亡人はささやかな儀式を終えると、ルースに紅茶のカップを渡した。「あなたの手紙に興味を持ちました」彼女が言った。「要するに、個人的な問題があって、それについてわたしに相談なさりたいのよね」

「そうです」ルースは認めた。「あなたのアドヴァイスをいただきたいのです」

スコット未亡人がうなずき、優しい笑みをルースに向けた。

「夫はいま」ルースは話を始めた。「講演旅行でアメリカを回って、そろそろ帰ってくるはずなのです。王立地理学会の次のエヴェレスト遠征を率いるつもりはないと、わたしには何度も言ってくれていますが、それが本心だとは思えないのです」

「では、ご主人がふたたびヒマラヤへ行くことについて、あなたはどう思っていらっしゃるの？」

「夫はこの前の戦争で長く留守にし、そのあとにヒマラヤ遠征がつづいて、いまはアメリカへ講演旅行に行っています。わたしの本心としては、また半年も家を空けてほしくありません」

「その気持ちはとてもよくわかります。コンも――わたしの主人のことです――まったく同じでした。ちょうど子供のようなものなんですよ。一カ所に何カ月も腰を落ち着けることができないんです」

「ご主人はあなたの気持ちをお尋ねになりましたか？」

「いつも訊いていましたよ。でも、安心したいだけだとわかっていたから、彼が聞きたい答えを聞かせてやっていました。つまり、あなたは正しいことをしていると信じているとね」

「信じていたんですか？」

「いつもというわけではありません」年配の女性は認め、ため息をついた。「でも、どんなに家にいて普通の生活をしてほしいと願ったところで、それが現実になる可能性はなかったでしょう。なぜなら、ミセス・マロリー、あなたのご主人が普通の人でないように、コンも普通の人ではなかったからです」

「きっと、本当の気持ちをご主人に伝えなかったことを後悔していらっしゃるんでしょうね？」

「いいえ、後悔はしていませんよ、ミセス・マロリー。この世で最も刺激的な男性の一人と二年暮らすほうが、わたしのせいで自分の夢が叶《かな》えられなかったと恨みに思うような人と四十年過ごすより、よほどよかったはずですもの」

ルースは気を取り直そうとした。「もう一度離れて暮らすのが半年なら、我慢できると思います」そして、ためらった。「でも、残りの人生を夫なしで過ごすことには耐えられないんじゃないでしょうか」

「その気持ちはだれよりもわたしがよくわかります。でも、あなたのご主人は普通の男性ではありません。ご主人が何より優先させずにはいられない野心を持っていらっしゃることは、結婚に同意するはるか以前からあなたもご存じだったんでしょ?」

「それはその通りですが、でも――」

「それなら、ご主人の宿命の前に立ちふさがることはできませんね、いえ、してはならないというのが本当のところです。本来なら自分が成就すべきだった夢をもっと劣った他人が成就するのをご主人が見るようなことになったら、終生後悔するのはあなたかもしれませんよ」

「ですが、それでは残りの人生を夫なしで生きていかなくてはならないというのが、わたしの宿命にならざるを得ないのではありませんか?」ルースは反問した。「わたしがどれほど敬慕しているか、せめて夫がそれを知ってくれれば……」

「断言してもいいけど、もちろんご主人は知っていらっしゃいますよ、ミセス・マロリー。そうでなければ、あなたはわたしに面会を求めなかったはずですもの。それに、ご主人があなたの思いを知っていらっしゃればこそ、あなたはご主人を納得させなくてはなりません。次の遠征隊を率いることに勝る務めはないとあなたが信じていることをね。そのあとは、あなたにできるのは無事の帰還を祈ることだけです」

ルースは顔を上げた。涙が頬を流れ落ちた。「でも、あなたのご主人はお戻りになりませんでした」
「もし時間を逆戻りさせることができて」静かな返事が返ってきた。「『もう一度行ったらまずいかな、オールド・ギャル？』とコンが訊いたとしても、私の答えは十三年とひと月と六日前と同じです。『いいえ、マイ・ダーリン、まずいことなんかもちろんないわ。でも、今度は厚いウールの靴下を持っていくのを忘れないでね』ってね」

翌朝六時には、ジョージはすでに起き出して荷造りをすませ、帰国の準備を整えていた。ホテルをチェックアウトするとき、キーディックが宿泊料金を精算していなかったとしてもまったく驚かなかった。最後の夜をウォルドーフのプレジデンシャル・スイートでなく、ロワー・イースト・サイドのゲスト・ハウスのシングル・ルームで過ごしてよかったと、ほっとしたぐらいだった。

歩道へ出てもタクシーを止めなかったが、それには一つならざる理由があった。彼は左右の手にスーツケースを持ち、そこに住む人たちとぶつからないようにしながら、雑踏して汗ばんでいるマンハッタンを四十三街区分、大股に歩いていった。

一時間をわずかに過ぎて桟橋に着いてみると、キーディックが船のタラップのそばにいて、葉巻をくわえ、笑みを浮かべながら、用意していたに決まっている、いかにもそれらしい台詞《せりふ》を口にした。「あんたの山のてっぺんに立つことができたら、ジョージ、私に電話をくれ。それが決め手になるかもしれんからな」

「ありがとう、リー」ジョージは言い、ややためらったあとで付け加えた。「忘れられない経験をさせてもらいましたよ」

「どういたしまして」キーディックが応えて、握手の手を突き出した。「こっちこそ手伝いができてうれしかったよ」ジョージはその手を握り返し、タラップを上ろうとした。そのとき、背後でキーディックの声がした。「おい、こいつを忘れてもらっちゃ困るな」彼は封筒を突き出していた。

ジョージは気が進まなかったが、仕方なく引き返した。

「あんたの取り分だ、オールド・ボーイ」キーディックがジョージのイギリス訛《なま》りを真似ていった。「合意していたとおり、折半だ」

「ありがとう」ジョージは封筒を内ポケットにしまった。キーディックの前で開けるつもりはなかった。

自分の船室を探したあげく、主甲板から四層下の三等船室に格下げされ、ノース・コルのテントほどの広さしかないその部屋を、自分を含めて四人で共有しなくてはならないとわかっても、特に驚きはしなかった。最初の汽笛が鳴り響いて出港を知らせると、荷ほどきを中断して、ゆっくりと遠ざかっていく港を見ようと急いで主甲板へ出た。

そして、ふたたび手摺りから身を乗り出し、桟橋を見下ろした。見送りの友人や家族が早くも別れの手を振っていた。リー・キーディックを探すつもりはなかった。どうせさっさと引き上げているに違いない。巨大な摩天楼群が徐々に小さくなっていくのを眺め、自由の女神がついに視界から消えたとき、ジョージは現実と向き合うときがきたと判断した。

内ポケットから封筒を取り出し、封を切って、小切手を引き出した。〝支払先：王立地理学会　四八ドル〟。ジョージは苦笑し、ちらりとエステルのことを思った。だが、それはほんの一瞬に過ぎなかった。

第七部
女性の特権

50

二人はまるで学生のカップルのように手をつないで、ゆっくりとキングズ・パレードを下っていった。

「これ以上気を持たせるのはやめてよ」ルースが言った。「面接はどうだったの？」

「これ以上ない出来だったと思うよ」ジョージは答えた。「高等教育に関するぼくの考えはすべて異論なく認めてくれたみたいだし、男と同じ教育を受けている女性に学位を与えるべきときがきているのではないかと言ったときも、取り合わないといった感じではなかったからね」

「やっとそういう時代になったのね」ルースが言った。「オックスフォード大学でさえ、女性に学位を与えることについては膝を屈したみたいだもの」

「ケンブリッジ大学がそうなるのは、もう一回世界大戦が起こったあとかもしれないけどね」ジョージは言った。そのとき、二人の不愛想な老教員が彼らを追い越していった。

「それで、職を得られる可能性はあるの？　それとも、まだほかにも面接を待っている候補者がいるのかしら」

「いや、それはないんじゃないかな」ジョージは答えた。「実際、ヤングの言葉を信じるなら、候補者はぼく一人のようだし、来年の九月から仕事を始められるかどうか訊かれたときも、面接委員長がかなり手の内を見せてくれたからね」

「すごいじゃない」ルースが声を挙げた。「おめでとう、マイ・ダーリン」

「だけど、ケンブリッジへ移り住んだら、きみはひどく退屈するんじゃないか？」

「そんなことがあるもんですか」ルースが反論した。「子供たちを育てるのにここよりいいところはないし、あなたのお友だちもまだここに大勢いるんでしょ？　来年の九月まで仕事をする必要がないことに感謝しましょうよ。だって、新居を探して、あなたが留守のあいだに、引っ越すための計画を練る時間がたっぷりあるということなんだもの」

「ぼくが留守のあいだに？」ジョージが訝った。

「そうよ。だって、来年まで仕事が始まらないんだったら、あなたがあの山に登るために出かけていかない理由なんて、わたしには一つも見つけられないわ」

ジョージはいま聞いたことが信じられないという顔で妻を見つめ、ようやく口を開いた。

「それは要するに、ぼくが今度の遠征に参加しても反対しないということか、マイ・ダーリン?」

「反対どころか、大歓迎だわ」ルースが言った。「何カ月も不機嫌な熊みたいに家をうろつかれるなんて、考えるだけで願い下げだもの。それに、結局はフィンチがあなたの山の頂上に立ち、それに対してあなたにできるのは彼に祝電を送ることだけなんてことになったら、わたし、絶対に生きていたくなくなるわ。もちろん」と、彼女はつづけた。「遠征隊への参加要請があなたにこないって可能性はあるけどね」

「どうしてこないんだ?」ジョージは詰問口調で訊いた。

「確かにあなたはいまでも学生みたいに見えるし、ときには振る舞いも学生みたいよ。でも、履歴を詳しく調べられたら、あなたが若鶏でないことはすぐにわかるでしょう。そうだとしたら、なるべく早く参加可能だと知らせたほうがいいんじゃないかしら? だって、これがあなたの最後のチャンスであることは間違いないんだもの」

「まったく、きみときたら生意気で可愛《かわい》いお転婆だな」ジョージは言った。「キスするべきか尻をひっぱたくべきか、よくわからないよ。まあ、キスするほうへ落ち着くとは思うがね」

ようやく解放されたルースは、あとはこれだけ言えばよかった。「以前にも戒めたはずだけど、ミスター・マロリー、人前でわたしにキスをするのはどうなのかしら?」こんなに明るい夫を見るのはいつ以来か、ルースは思い出せなかった。

「ありがとう、マイ・ダーリン」ジョージが言った。「ぼくは確かにエヴェレストに最後の攻撃を仕掛けたいと思っている。それについてのきみの本心を知ることができて、本当にほっとしたよ」

ジョージがもう一度抱きしめてくれたとき、ルースはほっとした。目を覗き込まれたら、いい、本当の本心を見抜かれてしまいそうで怖かった。

ジョージが弟の誕生パーティに遅刻してもだれも驚かなかったが、彼がトラフォードへのプレゼントをザ・ホルトに忘れてきたとわかったときには、さすがに姉のメアリーがたしなめた。

「プレゼントは何だったの？」メアリーが訊いた。「それとも、それも忘れてしまったの？」

「時計だよ」ジョージは応えた。「この前スイスへ行ったときに買っておいたんだ」

「それは驚きの選択だわね。だって、生まれてから三十七年、あなたがあの道具に興味を示したことなんてなかったのにね」メアリーがそう言ったとき、トラフォードが二人のところへやってきた。

「いつもどおり、クリスマスに持ってきてくれればいいよ」トラフォードが言った。「去年だってそうだったじゃないか」彼は苦笑しながら付け加えた。「そんなことよりも、兄さんがエヴェレストの最頂点に立つことについての、コティとお母さんの議論を落ち着かせるほうがぼくには重要なんだ」

ジョージが部屋の向こう側を見ると、コティが見知らぬ男と話していた。コティを見るのは、一年前——もしかすると二年前だったかもしれない——ロイヤル・アカデミーで開かれたモネの展覧会を二人で訪れて以来だった。その彼女が、一緒に登山をしていたころに馴染《なじ》んだ笑顔をジョージに向けた。その笑顔を見ると、彼女の父親が破産してから一度も連絡していないことの後ろめたさがさらに募った。何であれ経済的な援助ができるというわけではなかったが、それでも……。

「二万七千五百五十フィートよ」メアリーが言った。「小学生でも知ってるわ」

「それがもし本当なら、パイロットがいままでに到達したことのない高さだ」トラフォードが言った。「そうでなかったら、ぼくがその山のてっぺんに着陸を試みるところだよ」

「それができれば、われわれはみんな苦労から解放されるだろうな」ジョージが弟を見て言った。「しかし、まだいまのところは苦労しながら登っていくしかないわけだ」トラフォードが笑った。「コティはどうしてる?」ジョージは尋ねた。「いまも生活のために働かなくちゃならないのか?」

「そうよ」メアリーが答えた。「でも、ありがたいことに、もうウールワースのカウンターの向こうにいなくてもよくなったの」

「どうして?」トラフォードが訝った。「支配人になったのか?」

「そうじゃないわ」メアリーが笑った。「ついこのあいだ処女作を上梓《じようし》して、批評もとても好意的なの」

ジョージの後ろめたさはさらに募った。「次の遠征に、ぜひとも一部持っていかなくちゃな」彼は考えもせずに言った。

「次の遠征?」トラフォードが訊き返した。「今度のエヴェレスト遠征には参加しないもんだと思っていたけどな」

「コティは文章を書いて食べていけるのか?」弟の質問に答えたくないジョージは、話題をそらそうとした。「ぼくのボズウェルについての著作は、三十二ポンドの印税しか生んでくれなかったぞ?」

「コティが書いているのはロマンス小説よ。お堅い伝記じゃないの」メアリーが言った。

「それに、出版社からもう三冊の執筆依頼がきてる。だとしたら、彼女を信じている人がいるに違いないわ」

「それも一人じゃないんじゃないか？」コティの話し相手の男のほうを見ながら、トラフォードが言った。

「どういう意味だ？」ジョージは訊いた。

「コティは結婚したばかりなの」メアリーが答えた。「お相手は外務省の外交官よ。知らなかったの？」

「いや、知らなかった」ジョージは認めた。「結婚式に招待されなかったからな」

「それは驚くには当たらないわよ」と、メアリー。「その理由は『北京《ペキン》のピクニック』を読んだらわかるわ」

「いったい何を言おうとしているんだ？」

「その小説の主人公は、ケンブリッジ大学を卒業して、余暇に登山をする若い教師なの」

トラフォードが笑いだした。「何だって？　恐れを知らない空軍のエース、ドイツ空軍を痛い目にあわせたあと、帰国してイギリス空軍最年少の飛行中隊長になった、彼の勇敢な弟については何の記述もないのか？」

「一段落だけ登場するけど」メアリーが言った。「そこでは、もっとハンサムな兄と同じく、その弟もまた、より高いところを目指す運命にあるとほのめかされているわ」

「それはどっちが先に二万九千フィートに達するかによりけりかもしれないな」トラフォ

ードが言った。
「二万九千二、フィートだ」兄は訂正した。

一九二四年

51

委員たちが王立地理学会の作製した最新のヒマラヤ地域の地図を検討していると、ブルース将軍が報告を始めた。

「バックアップ・パーティのほとんどは、いまごろ一万七千フィートに到達しているはずだ」将軍は片眼鏡で地図を軽く叩き、その位置を示した。「彼らの仕事は、十二週間後にマロリー及び彼の率いる登攀隊がベース・キャンプにやってくる前に、すべてを間違いなく完璧に準備することにある」

「いいでしょう」ジョージが口を開いた。「私は取るべきルートをすでに特定していますから、それによってモンスーンの季節が始まるまでに準備をし、登頂を試みる期間をひと月以上延長できるはずです」

「では、マロリー」サー・フランシス・ヤングハズバンドが訊いた。「この前の遠征でわかった懸念すべき点は大半が解決されたと、そう考えていいのかな?」

「そう考えてもらって結構です、委員長」ジョージは答えた。「ですが、私のアメリカでの努力が不首尾に終わったいま、この遠征をやり遂げられる資金はどこから出てくるのか、それを聞かせてもらいたいと考えます」

「実は思いがけない授かりものがあった」ヒンクスが説明した。「きみのアメリカ講演旅行は確かに目論見《もくろみ》通りにいかなかったが、マロリー、ノエルが撮影したものをまとめて『エヴェレストの叙事詩』と題名をつけた作品が、こっちで大好評をもって迎えられたんだ。あまりの大成功だったので、ノエルが次の遠征を独占的に撮影すること――確か〝映画撮影権〟という表現だと思うが――を前提に、王立地理学会に八千ポンドを提供してくれた。ただし、一つだけ条件がついているがね」

「どんな条件なんだ？」レイバーンが訊いた。

「マロリーを登攀隊長にするという条件ですよ」ヒンクスが答えた。

「私はすでにその条件に同意していますから」ジョージは言った。「これ以降、私がやらなくてはならないのは、登攀隊のメンバー編成だけです」

「ありていに言えば、委員長」ジェフリー・ヤングが口を挟んだ。「そのメンバーは自《おの》ずと決まるのではないでしょうか」

ジョージがうなずき、上衣《うわぎ》のポケットから一枚の紙を取り出した。「委員会の賛同を得るべく、候補者のリストを提出したいと思いますが、よろしいでしょうか、委員長?」

「もちろんだ、オールド・ボーイ」サー・フランシスが認めた。「四の五の言っても、つまるところはきみのチームだからな」

ジョージはこの前の英国山岳会《アルパイン・クラブ》の会合でヤングと同意した名前を読み上げていった。「ノートン、ソマーヴェル、モーズヘッド、オデール、フィンチ、ブーロック、ヒングストン、ノエル、そして、私です」そして顔を上げ、委員会が満場一致で賛成してくれるのを待った。

長い沈黙のあと、委員長がようやく口を開いた。「こういう報告をしなくてはならないのは本当に残念なのだが、マロリー、実はミスター・フィンチから今朝手紙が届いて、状況を考えると、一九二四年の遠征隊への参加を辞退せざるを得ないと思うと言ってきたんだ」

「状況を考える?」ジョージは繰り返した。「どういう状況なんです?」

サー・フランシスがヒンクスを見てうなずいた。事務局長は自分の前に置いていたファイルの一冊を開き、一通の手紙を抜き取ってジョージに渡した。

ジョージはそれを二度読んでから、口を開いた。「しかし、辞退しなくてはならない具体的な理由はどこにも書いてありませんね」そして、手紙をジェフリー・ヤングに渡して訊いた。「ひょっとして病気ということがあるでしょうか」

「私の知る限りではそんなことはないはずだ」サー・フランシスが用心深い言い方をした。

「それに、経済的なことが理由でもないはずです」ヒンクスに手紙を返しながら、ヤングが言った。「なぜなら、ありがたいことにノエルが気前のいい寄付をしてくれたおかげで、渡航や装備を調えるためにフィンチが必要とする費用は、われわれで全額面倒を見られるわけですからね」

「残念ながら、マロリー、実はもっとデリケートな問題なんだ」ヒンクスが議事録を閉じ、万年筆にキャップをしながら言った。

「まさか、総督夫人の一件が関係しているんじゃないでしょうね？」ジョージは訊いた。

「いや、残念ながら、あの不快な事件など問題にならないような悪いことだ」ヒンクスが半月形の眼鏡を外してテーブルに置いた。彼がふたたび口を開くのを、ジョージはじりじりして待った。「王立地理学会に無断で」ヒンクスがようやく話を再開した。「フィンチは国内何カ所かでの講演を引き受け、それによって、かなりの金を手にする結果になった。もちろん、王立地理学会は一ペニーも受け取っていない」

「王立地理学会は一ペニーでも受け取る資格があったんですか？」ヤングが訊いた。

「もちろんだ。きみと同じく、マロリー、フィンチも確かに契約書にサインしている。それによれば、エヴェレスト遠征に関係するものから得た利益は、本人と王立地理学会が折半することになっているんだ」

「その金額はどのぐらいなんですか」ヤングが訊いた。

「わからない」ヒンクスが認めた。「何度も口座を公開するよう要請しているが、応じてくれないんだ。最終的に王立地理学会が取り得る手段としては、われわれが正当に手にすべきものを渡すよう、法に訴えることしかないだろうな」

「あいつはごろつきだと、私は最初から言っていただろう」アッシュクロフトが口を挟んだ。「この事件だけを見ても、私が正しかったことが証明されているじゃないか」

「裁判沙汰になると思いますか?」ヤングが訊いた。

「私としてはそれは望まない」ヒンクスが応えた。「しかし万一そうなれば、裁判が開かれる時点では、遠征隊はすでにチベットに入っているはずだ」

「それを知ったら、シェルパの話題はそれでもちきりになるでしょうね」ジョージは言った。

「これは笑い事ではないんだ」サー・フランシスが重々しくたしなめた。

「このテーブルを囲んでいる面々のなかに、フィンチのこの最近の不品行が、何らかの形で、彼の登山技術に影響すると考える人はいますか?」ヤングが訊いた。

「そういう問題ではないんだ、ヤング」ヒンクスが言った。「それはきみもわかっているはずだ」

「重要な問題になると思いますよ」ジョージは言った。「私が二万七千フィートまで到達して、登頂の最終アタックのパートナーにだれを選ぶかを決めなくてはならなくなったときにね」

「ノートンだってソマーヴェルだっているじゃないか、二人のうちのどちらかを選べばいいだろう」ヒンクスが言った。

「そして彼らは、自分たちがフィンチの足元にも及ばないと認める、最初の二人になるわけですか」

「こういう事件があった以上、王立地理学会には選択肢が残されていないんだ。そのことは、マロリー、どうしても受け入れてもらわなくてはならない」

「登攀パーティにだれを選んでだれを選ぶべきでないかを決めるのは、王立地理学会が神から与えられた権利ではありません」ジョージは食い下がった。「万一お忘れだといけないので念を押しますが、ミスター・ヒンクス、それを決めるのはエヴェレスト委員会です」

「ちょっと待て、マロリー」アッシュクロフトが割り込んだ。「いまの言い方はいささか穏当を欠くんじゃないか?」

「それならうかがいますが、中佐」ジョージは語気強く詰め寄った。「海面より高いところにいた経験が非常に豊かなあなたなら、明らかにフィンチの代わりがつとまる登山家の名前を挙げられるのではありませんか? それはだれですか?」

「その質問をしてくれてうれしいよ、マロリー」ヒンクスが割って入った。「なぜなら、われわれはぴったりの代役を見つけたと考えているからだ」

「だれですか?」ジョージは訊いた。

「サンディ・アーヴィンという青年だ。オックスフォード大学のボートの代表で、急な要請にもかかわらず、すでに参加を承諾してくれている」

「エヴェレストへボートを漕《こ》いで登るつもりは私にはありませんから、ミスター・ヒンクス、そのミスター・アーヴィンとやらの登山の経歴を教えてもらえませんか。何しろ、登山家としては聞いたことのない名前ですからね」

ヒンクスが初めて笑みを浮かべた。「きみの友人のオデールは、いたく彼を気に入っていたようだぞ。彼は去年、アーヴィンと一緒に北極圏の山にいくつか登っているんだが、そのときに、アーヴィンはスピッツベルゲンで最も高い部分にだれよりも早く登頂したんだ」勝手に自分で満足しているようだった。

「スピッツベルゲンは」ヤングが言った。「有望な初心者向けの山で、あなたが知らないといけないから説明しますが、ミスター・ヒンクス、その一番高い部分でも約五千六百フィートなんです」

「そういうことなら、次に最初の五千六百フィートまで同伴してくれる相手を探すときには、ミスター・ヒンクス」ジョージは言った。「アーヴィンという名前を真っ先に思い浮かべると約束しますよ」

「もう一つ指摘しておくべきだろうが、マロリー」ヒンクスが言った。「アーヴィンはオックスフォード大学で化学を専攻していて、フィンチがこの前の遠征で試した酸素吸入システムについても精通している。事実、信頼できる情報によれば、彼は定期的に製造業者と連絡を取り合い、可能なシステムの改善に取り組んでいるとのことだ」

「酸素を扱わせたらフィンチだって名人でしたし、第一級優等で学位を取得していることがそれを証明しています」ジョージは確認した。「それから、万に一つ委員会が忘れているかもしれないので言っておきますが、彼はすでに二万七千フィートより上で酸素を試しています。あのときは、あなたにとってその高さが何よりも重要だったんですよね、ミスター・ヒンクス。それに私自身は不本意ですが、彼はいまのところ、二万七千八百五十フィートという、最も高いところまで登った世界記録を持っているんです。もしかしたら、そっちのほうが判断の材料としては重要かもしれませんよ」

「諸君」サー・フランシスが仲裁に入った。「互いの相違を解決するにしても、なにがしかの礼儀をわきまえるべく努力しなくてはならないはずだ」

「何か解決方法に心当たりがおありですか、委員長」ジョージは訊いた。「この問題に関しては、ミスター・ヒンクスと私のあいだに合意が成立するとは明らかに思えませんが」

「多数決によるべきだろうし、王立地理学会では、昔からそれが習慣になっている」そして、ジョージに口を挟む暇を与えず付け加えた。「それはまた、私が信じているとおりなら、アルパイン・クラブでも同様のはずだ」

ヤングは自分の意見を口にせずにいたし、ほかの委員も誰一人声を上げなかったので、サー・フランシスはつづけた。「それゆえに、いささか不本意ではあるが、この問題についても投票に付するときがきたと考えるが、どうだろうか？」そして反対の声を待ったが、委員は沈黙したままだった。「では、手続きを始めるように、事務局長」

「承知しました、委員長」ヒンクスが応えた。「ミスター・フィンチが登攀隊のメンバーとして復活することに賛成の方は挙手を願います」

マロリー、ヤング、そして、全員が驚いたことに、ブルース将軍が挙手をした。ヒンクスが議事録にブルースの投票結果を記入する前に、まじまじと将軍を見て尋ねた。「しかし、あなた彼をひどく嫌っておられたのではありませんか？」

「もちろん、大嫌いだとも、オールド・ボーイ」ブルースが応えた。「しかし、私がこの前の遠征で到達できたのは、ようやくの思いで一万七千四百フィートだった。これは保証するが、ヒンクス、マロリーが二万七千フィートまで登って、そこで最終アタックのパートナーを決めなくてはならないとき、彼と一緒に登るために自分の名前を推薦するつもりは、私にはないよ」

ヒンクスは渋々将軍の投票結果を議事録に記した。「反対の方は？」真っ先にヒンクスが手を挙げ、レイバーンとアッシュクロフトがそれにつづいた。「困ったことに、三対三という結果になりました、委員長。したがって、今度も委員長に決定票を投じてもらうことになります」

サー・フランシスはためらわなかった。「今回は、フィンチの復帰に反対票を投じさせてもらう」

ヒンクスが即座に最終投票結果を議事録に記録し、そのインクが乾く前に発表した。「エヴェレスト委員会は四対三の投票結果をもって、ジョージ・フィンチは登攀隊のメンバーとして復帰すべきでないと決しました」そして、議事録を閉じた。

「今回はどうして考えを変えられたのか、理由を教えてもらえますか、委員長」ジョージは穏やかに尋ねた。

「王立地理学会との取り決めを守らなかったことが、私にとっては決定的だった」サー・フランシスが会長の肖像画を一瞥した。「しかし、それだけではなくて、離婚した男が世界のてっぺんに最初に立ったと報告申し上げたときに果たして国王陛下がお喜びになるかどうか、それも懸念されるところではあったということだ」

「エヴェレスト征服が最初に企てられたときの会長がヘンリー八世（彼は何度も妻との死別や離婚を繰り返している）でなかったのが残念ですよ」ジョージは小声で言い、ゆっくりと書類をまとめて席を立った。「申し訳ありません、委員長。しかし、私としてはこの委員会のメンバーを辞する以外に選択の余地はありません。ですから、登攀隊長としての私の名前は消していただくしかありません。もちろん、私のあとを襲う登攀隊長には頑張ってもらいたいと思います。では、みなさん、失礼します」

「ミスター・マロリー」ジョージが出口へたどり着く前にヒンクスが呼び止めた。「そう決めたからといって、今夜の王立地理学会での記念講演まで辞退するということではないだろうな。何週間も前からチケットが完売で、実際——」

「もちろん取り決めは尊重します」マロリーは言った。「しかし、講演のあと、なぜこの委員会の委員を辞任したのか、また、どうしてきたるべきエヴェレストへの遠征を率いるのをやめたのかと問われれば、私はためらうことなく、登攀パーティのメンバーを選ぶときに私の考えが覆《くつがえ》されたからだと答えるつもりです」

「そういうことなら仕方がない」ヒンクスは諦めの口調だった。ジョージは部屋を出て、静かにドアを閉めた。

「これでノエルの八千ポンドが水泡に帰すんじゃないのか？」レイバーンが葉巻をもみ消しながら心配した。

「必ずしもそうはなりませんよ」ヒンクスが小声で応えた。「申し上げておきますが、みなさん、マロリーの辞任はまだ議事録に記録されていません。それに、私の袖のなかには、いまも二枚のカードがあるのです。私はそれを、今夜のうちに使うつもりです」

ジョージは足早に委員会室を離れ、廊下を横切って後援者控え室へ向かった。途中、だれとも足を止めて話すつもりはなかった。講演が終わるまでは、答えたくない質問をされたくなかったのだ。それに、考えをまとめるためにその四十分を使う必要があった。何しろ、生涯で最も重要な演説をしようとしているのだから。

講演者控え室へ入って驚いたことに、ルースが彼を待っていた。

「どうしたの？」夫の顔に怒りがあるのを見て、ルースが訊いた。

ジョージは部屋のなかを歩き回りながら、委員会の席で何があったかを逐一話して聞かせた。そして、ようやく妻の前で立ち止まって訊いた。「ぼくは正しいことをしたんだよな、ダーリン？」

ルースはすでにその質問を予期し、どう答えればいいかもわかっていた――もちろんよ、あなたが辞任したのは正しいわ、マイ・ダーリン。ヒンクスの振る舞いは無礼だし、フィンチが復帰しないのであれば、あなたはあまりに大きな危険を背負い込むことになる。それに、危険を背負い込むのはヒンクスではなくて、あなただということを忘れないでちょうだい。

ジョージはまだそこに立ち尽くして、彼女の返事を待っていた。

「これ以降、あなたがその決断を後悔しないことを祈りましょう」ルースはそれしか言わず、夫がそれ以上質問を重ねる前に、勢いよく立ち上がった。「わたし、そろそろ行かなくちゃ、マイ・ダーリン。あなたの幸運を祈ろうと思って、ちょっと立ち寄っただけなの。こんな大事なときなんだから、気持ちを整えるための最後の五分が必要でしょ？」そして、夫の頬にそっとキスをし、それ以上は何も言わずに部屋をあとにした。

ジョージは小さな机に向かって腰を下ろし、講演のための原稿を見返そうとした。だが、思いは委員会での議論と、自分の質問に対してどっちにも取れる、妻の曖昧な返事へと戻っていきつづけた。

　ドアに低いノックがあった。だれだろう、とジョージは訝った。準備の最終段階で講演者の邪魔をしてはならないというのが、王立地理学会の鉄則だった。ヒンクスが颯爽と入ってくるのを見たとき、ジョージはこれ幸いとばかりに鼻に一発お見舞いしてやろうかと思ったが、すぐ後ろにつづいている人物を見るや、弾かれたように立ち上がってお辞儀をした。

「殿下」ヒンクスが言った。「ミスター・ジョージ・マロリーを紹介させていただくことを光栄に存じます。ご承知のとおり、今夜の講演者であります」

「もちろん知っているとも」皇太子《プリンス・オブ・ウエールズ》が応えた。「こんなふうに押しかけて申し訳なく思うが、マロリー、直接きみに伝えるよう頼まれたメッセージを国王から預かっているのでね」

「お手を煩《わずら》わせて、誠に恐懼《きょうく》の至りです、殿下」

「そんなことはない、オールド・フェロウ。国王陛下はきみが次のエヴェレスト遠征を率いることに同意したとお聞きになり、大変に喜んでおられる。それをきみに知らせてほしいとのことだ。さらに、きみが帰国の暁には会いたいとおっしゃっておられる」

「ありがとうございます、殿下」ジョージは応えた。

「では、失礼する。きみの心を波立たせてはよくないだろう」皇太子が言った。「さもないと、講演がいつまでも始まらないかもしれないからな」

ジョージはふたたびお辞儀をし、皇太子とヒンクスは部屋を出ていった。

「ヒンクスのろくでなしが」ドアが閉まると、ジョージはつぶやいた。「しかし、おまえの小細工でおれの気持ちが変わるなんて、一瞬たりとも思うなよ」

52

「皇太子殿下、上院議員、そして、紳士淑女のみなさん、私は王立地理学会及びエヴェレスト委員会の委員長の特権として、今夜の特別講演者、ミスター・ジョージ・マロリーを紹介いたします」サー・フランシス・ヤングハズバンドが宣言した。「ミスター・マロリーはこの前の遠征隊の登攀隊長であり、そのときには海抜二万七千五百五十フィート、頂上までわずか千四百五十二フィートの地点まで到達しました。今夜、ミスター・マロリーは『地図のないところを歩く』という演題で、あの歴史的な冒険での体験を話してくれるはずです。では、みなさん、ミスター・ジョージ・マロリーです」

ジョージは数分間、しゃべることができなかった。聴衆が一斉に立ち上がり、拍手喝采をつづけて、ついにはジョージが手を振って着席を求めなくてはならなかったからである。彼は最前列を見下ろし、前の戦争で負傷しなければ今夜の記念講演をしていたはずの男に向かって笑みを浮かべた。ヤングが笑みを返した。自分の代わりを務める教え子を明らかに誇りに思っている様子だった。その横に、ノートン、ソマーヴェル、そして、オデールが坐っていた。

ジョージは聴衆が落ち着くのを見計らって、最初の一行を口にした。「最近ニューヨークへ行ったとき、私は単独でエヴェレストを征服した男と紹介されました」そして、笑いが収まるのを待ってから、次の一行をつづけた。「その紹介は二つの点で間違っています。あの偉大な山の頂上に、最終的には一人の人間が立つことになるとしても、第一級のチームが後ろで支えてくれなければ、そんな偉業を成し遂げることは希《のぞ》めないのです。つまり、私が言いたいのは、ベース・キャンプへたどり着こうとするだけでも、七十頭のインドのラバから一人のブルース将軍まで、欠けていいものは何一つないということです」それを合図に照明が落とされ、ジョージの背後のスクリーンに最初のスライドが映し出された。

四十分後、ジョージはベース・キャンプへ戻り、ふたたび熱狂的な拍手喝采を浴びた。講演自体はうまくいったような気がしたが、まだ質疑応答が残っていて、間違った対応をしたらベース・キャンプからも降りられなくなる恐れがあった。

質疑応答の開始を告げたとき驚いたことに、王立地理学会事務局長が最初の質問をするという伝統があるにもかかわらず、ヒンクスは立ち上がらず、最前列で腕を組んだまま、断固として席に腰を落ち着けていた。ジョージは二列目にいる年配の紳士を指名した。

「あなたが二万七千五百五十フィートにとどまり、フィンチがさらに上を目指すのを見送ったとき、自分も酸素ボンベを二本持ってくればよかったと思いませんでしたか？」

「最初に登頂を企てたときには、そうは思いませんでした」ジョージは答えた。「しかし、そのあと、せいぜい数フィート進むごとに休まなくてはならなくなったときには、無酸素で頂上に到達するのはほぼ不可能に近いという結論に達しました」

そして、新たに上がった別の手を指さした。

「ですが、酸素を使うのは卑怯《ひきょう》だとは思われませんか？」

「以前は、私もそう考えていました」ジョージは言った。「しかし、それは二万七千フィートでテントをともにした仲間に、そういうことを言うなら革の登山靴やウールのミトン、さらには、温《ぬる》い紅茶に入れる砂糖だって、そのすべてが疑いもなく可能性を広げる手助けをしているだろうと指摘される前のことでした。それに、正直に告白すると、最後の千フィートを登り切る望みがないのなら、なぜ五千マイルもの旅をするのでしょう」

ジョージはまた別の手を指さした。

「ミスター・オデールを助けるために登るのを中断しなかったら、あなた自身が頂上《トップ》にたどり着いた可能性はあると考えておられますか？」

「先頭《トップ》が見えたことは確かです」ジョージは答えた。「ミスター・フィンチと私の距離は三百フィートしかありませんでしたからね」その言葉は穏やかな笑いに迎えられた。「正直に言うと、あのときの頂上は、まるで手招きをしているかのように近く思われました。しかし、それが罠《わな》である可能性もあるのです。山で絶対に忘れてはならないのは、五百フィートは二百ヤードではなく、もっとはるかに距離があるということです。場合によっては、一マイルを超えるかもしれません。しかし、私はその経験から、十分な時間と正しい条件が与えられれば、登頂は不可能ではないと確信したのです」

ジョージはさらに二十分、いくつかの質問に答えたが、その間《かん》、自分が登攀隊長を降りたことはほのめかしもしなかった。

「最後の質問を受けつけます」彼は安堵の笑みとともにようやく宣言し、部屋の中央近くで、注目してもらおうと立ち上がって手を振っている若者を指名した。その若者はまだ声変わりもしていなかった。「あなたがエヴェレストを征服したら、ぼくのような者たちは何を目標にすればいいんでしょうか」

部屋全体が笑いを爆発させた。自分がスコット大佐にいまの若者とほぼ同じ質問をしたとき、どんなに神経質になっていたかをジョージは思い出した。そして、二階の張り出し席を見上げ、最前列のいつもの場所に、スコット大佐の未亡人の姿を見つけてうれしくなった。今日、おれは登攀隊長を辞任すると決めたが、それは、ありがたいことに自分もスコット未亡人と同じ運命をたどるのではないかと、ルースが不安に苛まれなくてもすむようになるということだ。ジョージは質問者の若者を見下ろし、笑顔で答えた。「H・G・ウェルズを読みなさい。彼の考えでは、人類はそのうち四十分で地球を一周できるようになり、いつの日か音速を突破して、その意味を知るようになる。また、私は無理だが、きみが生きているうちに、人類が月を歩く日がくるとも言っている」そして、若者に笑みを送った。「きみが最初に宇宙へ飛び出すイギリス人にならないとも限らない」

聴衆がふたたび笑いを弾けさせ、ジョージが最後にお辞儀をすると、拍手喝采に変わった。今夕の委員会で起こったことについては、だれにも気取られなかったという自信があった。彼はメアリーとアヴィを左右に従えて最前列に坐っているルースに微笑した。もう一つのささやかな勝利だった。

顔を上げたとき、一番古い友人が立ち上がって力一杯拍手しているのが見えた。やがて、ほかの聴衆もガイ・ブーロックに倣《なら》って立ち上がり、猛然と手を叩きはじめて、ジョージがどんなに手を振って着席を求めても、なかなかそれに従おうとしなかった。

ステージを降りようとし、思い直して振り返ると、ヒンクスが階段を上がってやってくるのが見えた。手にはファイルがあった。彼はジョージに穏やかな笑みを向けるとマイクの前に立ち、それを数インチ下げて、拍手喝采がやんで聴衆がふたたび腰を下ろすのを待って口を開いた。

「皇太子殿下、上院議員、紳士淑女のみなさん、みなさんもよくご存じのとおり、歴史を誇る本学会には、こういうときの特権として、講演者に対して最初の質問を事務局長が行なうということがあります。今夜、私はその特権を行使せず、かくして、伝統は破られたわけであります。しかしそれは、わが委員長であるサー・フランシス・ヤングハズバンドが、もっと名誉ある大きな役目を私に申しつけられたからにほかなりません。つまり、われらが特別講演者であり、私の親愛なる友であるジョージ・マロリーに謝意を表する役目であります」

ヒンクスにクリスチャン・ネーム付きで呼ばれるのは初めてだった。

「しかし、まずは、今夜のエヴェレスト委員会がミスター・マロリー不在のあいだに決したことについてお話ししたいと考えます。この学会のメンバー全員と共有すべきだと考える事柄だからです」ヒンクスがファイルを開いて一枚の紙を抜き取り、眼鏡を調節してから読み上げはじめた。「ミスター・ジョージ・リー・マロリーを一九二四年のエヴェレスト遠征における登攀隊長として招請すべきであると、われわれは満場一致で合意しました」聴衆が拍手喝采を爆発させたが、ヒンクスは話はまだ終わっていないとばかりに、手を挙げて静粛を求めた。

ヒンクスの一歩後ろに立って、ジョージは激しく動揺していた。

「しかし、委員会にとって残念なことに、ミスター・マロリーには、二度目となるこの困難な任務を引き受けられないと考える理由があるのかもしれません」

「そんな！」と聴衆から悲鳴が上がり、ヒンクスはふたたび手でそれを制さなくてはならなかった。「あなた方はその理由をご存じないかもしれませんが、それが何であるかを私が明らかにすれば、彼のジレンマがわかるはずです。ミスター・マロリーには妻と三人の幼い子供がいます。そしてそれが、半年も留守にすることを彼にためらわせているのかもしれません。それだけでなく、私が今日知ったところでは、労働者教育協会に重要な地位を得ようとしているところでもあるのです。そこでなら、長年温めてきた信念を実践に移せるというわけです。

まだ十分でないということであれば」ヒンクスがつづけた。「三つ目の理由があります。今夜、ここに報道関係の紳士が数人おられることを考えれば、これについては慎重に言葉を選ばなくてはなりません。本学会が今日知ったところでは、ミスター・フィンチ――前回のエヴェレスト遠征のときの、ミスター・マロリーの同僚です――が、個人的な理由で登攀隊のメンバーになることを辞退せざるを得なくなりました。この個人的な理由については、残念ながら、明日の新聞が詳しく報道するのではないでしょうか」いまや全員が沈黙していた。「委員会はこのことを考慮し、もしミスター・マロリーが一九二四年の遠征の登攀隊長の役割を果たせないと考えられるのであれば、それは十分に理解できることではありますが、われわれとしてはふさわしい人材が見つかるまで遠征を延期――中止ではなくて、延期です――する以外にないと判断するに至りました」

ジョージはいきなり気がついた――国王と皇太子は前座に過ぎなかったのだ。ヒンクスはまさに必殺の一撃を繰り出そうとしている。

「この話を締めくくるにあたって申し上げます」ヒンクスがジョージを見て言った。「あなたの決断がいかなるものになろうと、本学会はその大儀へのあなたの揺るがぬ献身と、それ以上に、重要なわが国への奉仕に対して永遠の感謝を捧《ささ》げるでしょう。しかし、登攀隊長になってほしいというわれわれの招請を受け入れ、今度はより偉大な栄光へ遠征隊を導いていただきたいと望んでいることは申し上げるまでもありません。みなさん、今夜の特別講演者、エヴェレストのマロリーに、私とともに感謝していただけないでしょうか」

聴衆が一斉に立ち上がった。普段は控えめで上品な拍手をもって特別講演者に謝意を表している男たちが、いまは弾かれたように席を立ち、声を上げ、あるいは懇願し、ジョージがその困難な挑戦を受け入れることを全員が願っていた。ジョージが見下ろすと、ルースも立ち上がって、拍手喝采に参加していた。一歩下がって自分の隣りに立ったヒンクスに、ジョージは今夜二度目の悪態をついた。「あんた、正真正銘のろくでなしだな」

「確かにそうかもしれないが」ヒンクスが応じた。「今夜、もう少し遅い時間に議事録を更新するときには、きみが登攀隊長を引き受けたと記録できるのではないかな?」

「エヴェレストのマロリー! エヴェレストのマロリー!」聴衆が声を揃えて叫んでいた。

「ろくでなしが」ジョージは繰り返した。

53

ジョージは汽船〈カリフォルニア〉の手摺りから身を乗り出して妻の姿を探し、歓声を上げている群衆のなかにその姿を見つけて微笑した。その瞬間、夫が自分を見つけたとわかった彼女が手を振りはじめた。止めどもなく頬を伝う涙を見られないですむのが、ルースのせめてもの慰めだった。

乗組員がタラップを引き上げ、もやい綱がほどかれて船がゆっくりと桟橋を離れはじめるころには、ジョージは早くもルースが恋しくなった。彼女をこんなに愛しているとわかっているのに、なぜおれはいつもこうやって離れてしまうんだ？　これからの半年というもの、ルースの美しさを思い出させてくれるのは、ハネムーンの最初の週に撮って、いまは縁がすり切れたセピア色の写真だけだ。絶対に行くべきだと彼女が断固として言ってくれなければ、おれは家にとどまり、遠征隊が進んでいく様子をタイムズで読んで満足しただろう。遠征を延期するつもりなどヒンクスにないことはわかっていたが、翌朝、彼の講演が一字一句そのままサンダラー（ロンドン・タイムズのおどけた呼び方）に載せられると、結局、自分のブラフは見透かされていたのだと気がついた。ヒンクスのほうがポーカーでは一枚上だと証明されたのだった。

というわけで、ジョージはいま、フィンチなしでフィンチのすべての働きに挑戦すべく、ふたたびインドへ向かう途上にあった。地球のはるか向こう側からやってきた船を下りるとき、その桟橋でシェルパのニーマが待っていてくれることはもうないのだ。

そのとき、見送りの群衆のやや斜め後ろ、少し離れたところに、いかにも一匹狼《おおかみ》らしく、彼が一人で立っているのが見えた。最初はわからなかったが、帽子を上げて、多くの女性を虜にした豊かに波打つ金髪を露わにしたとき、正体が明らかになった。ジョージも帽子を上げて挨拶を返したが、むしろ、フィンチが内緒で船に潜り込んでいないことのほうが驚きだった。しかし、ヒンクスのせいでスキャンダルが収まるまでは人前に姿を出せなくなっているわけで、まして、地球で一番高いところに独りで姿を現わすなどは論外だった。

ジョージはふたたびルースを捜し出すと、成功を祈って桟橋で手を振っている膨大な群衆のなかに姿が消えてしまうまで、一度も彼女から目を離さなかった。

水平線に見えるのがついに一条《ひとすじ》の黒煙だけになったとき、ルースは渋々踵を返し、のろのろと車へ向かった。そして、港をあとにし、ザ・ホルトまでの長い旅を始めた。港から逃れようとする彼女の邪魔をするファンの群れも、今度はいなかった。

ファンなんかほしくなかった。夫に生きて帰ってきてほしいだけだった。しかし、彼女の演技があまりにも上手だったせいで、夫が夢を叶える最後のチャンスを与えられるのをルースは切望しているのだと、だれもが信じて疑わなかった。本当は、ジョージが成功するか失敗するかはどうでもよかった。できるだけ長く、できるだけ一緒に暮らしたかった。そうすれば、今日のことも、いずれは記憶の彼方へ消えていってくれるだろう。

もはや故国が見えなくなると、ジョージは狭い船室へ引き上げた。そして、舷窓の下に据えられた机に向かい、これまでに自分が愛した、たった一人の女性に宛てて手紙を書きはじめた。

最愛のルース……

第八部

昇天日

54

一九二四年　三月十二日
最愛のルース
長い船旅は、ぼくがどんなに素晴らしい仲間を率いる特権を持っているかを思い出させる役にしか立っていない。同時に、ぼくが犠牲にしたものについては頻繁すぎるぐらい頻繁に考えるけれども、この当てにならない冒険を始めるにあたって、進んでぼくの仲間になってくれた素晴らしい男たちや、彼らがこの二年のあいだに家族や友人に強いざるを得なかった試練がどんなものかについては、十分に考えているとは言えない。
当初のぼくの危惧にもかかわらず、サンディ・アーヴィンは非常に非凡な男であることを証明している。まだたった二十二歳なのに、北部の鋭い頭脳をがっちりした肩にねじ込んでいる。たぶん小説でも受け入れられない偶然だろうが、彼もぼくと同じく、バーケンヘッドの出身なんだ。

もちろん、彼が五千六百フィートまでしか登ったことがないという事実はいまだに不安材料ではあるが、あの恐るべきブルース将軍が指揮を執る朝の肉体訓練を、船客たちが見物にきてもいいことになっていて手を抜くわけにはいかないなかで、アーヴィンが仲間のだれよりも鍛えた身体《からだ》を持っていることは、ぼくも認めざるを得ない。ブルースはぼくたちの指揮者にとどまったことで十分満足していて、オーケストラの一員になろうという望みは依然として持っていない。

これも白状しなくてはならないが、ヒンクスはアーヴィンの化学の知識と技術を誇張していたわけではなかったよ。その分野では、フィンチとまったく互角と言っていいだろう。もっとも、ノートンとオデールは酸素を使うという考えをいまだに拒否しつづけているから、扱いにくいボンベを背負うことに同意するなんてあり得ないけどね。悪魔の異端の助けを借りなければ頂上へたどり着く望みがないことを、彼らは受け入れてくれるだろうか？　それとも、フィンチの言葉を借りるなら、おめでたいアマチュアにとどまり、それゆえに失敗することになるのだろうか？　その答えを知っているのは時間だけだ。

船が三月二十日にボンベイに入ると、ぼくたちはすぐに列車に乗り換えてダージリンへ向かい、そこでラバと荷役夫を選抜した。ブルース将軍は今回も奇跡を起こし、ぼくたちは翌朝、六十頭のラバと百人を越す荷役夫をともなって、チベットへの長い徒歩旅行に出発した。〈玩具の列車《トイ・トレイン》〉でダージリンを発つ前に、ぼくたちは新しい総督のリットン卿夫妻と会食したが、フィンチがいなかったから、きみに知らせるような面白い事件は起こらなかった。もっとも、若きアーヴィンは夫妻の娘のリンダにちょっとした興味以上の思いを抱き、レディ・リットンがうれしそうに彼をけしかけていたけどね。

大使館では、姉のメアリーからの手紙が待っていた。彼女の夫がセイロンへ赴任することになったんだけど、それはぼくたちにとってささやかな幸運ではある。なぜなら、モンスーンの季節がいつ始まるかをあらかじめ教えてもらえるからね。それが始まってから内陸へやってくるまでには、十日ほどかかるんだよ。

翌朝、ぼくたちは国境まで八十マイルの旅に出発し、何事もなく通過することができた。かわいそうにブルース将軍はマラリアにかかり、ダージリンへ戻らなくてはならなくなった。二度と会えないのではないかと心配だ。彼は専用の浴槽、葉巻の箱を一ダース、ワインとシャンパンの箱を半分は持って帰ったが、親切にも残りの半分を置いていってくれた。もちろん、国境でわれわれの信任状を提出するときにゾンペンに贈る、注意深く選んだ品々も全部だ。

副官のノートン中佐が将軍のあとを引き継いだ。覚えているかもしれないが、フィンチがあっさりと容赦なく抜き去るまで、二十四時間だけ、最高到達点の世界記録を持っていた男だよ。彼はそのことを絶対に話題にしないが、いまでもフィンチの記録を破る気満々でいることをぼくは知っているし、白状すると、二万七千フィートに達した時点で酸素を使うことに彼が同意してくれれば、ぼくは間違いなく頂上への最終アタックのパートナーに選ぶつもりでいるんだ。しかし、酸素の使用については、ソマーヴェルが迷いはじめている。だから、彼は第二候補ということになるかもしれない。だって、最後の二千フィートを、またオデールと一緒に攻めるのは考えられないからね。

ぼくたちは全員が恐ろしく古びた登山靴を履き、ボンベイでも一番安い時計をして、今回は楽々と国境を通過したよ。そういう格好をしていても、ハロッズ、フォートナムズ、ダヴィドフ、そして、ロックスの品々を、雨霰《あめあられ》とゾンペンにプレゼントすることができた。そこには銀で形取った国王の顔を戴《いただ》く、黒檀《こくたん》のオペラ・ステッキまで含まれていた。イギリス国王直々の贈り物だと保証しておいてやったけどね。

古い友人と再会するのを楽しみにしていたから、ブルース将軍が病に倒れたと知ったときはとても残念だったとゾンペンが言ったときには、全員が驚いたよ。いやでも気づかずにはいられなかったんだけど、彼は将軍のハーフ－ハンターと鎖を身につけていたけど、オールド・ウィケミストのタイはどこにも見えなかったな。

今朝、パン・ラを越えるとき、急に雲が晴れて、堂々たる高さを誇るチョモランマがスカイラインを圧してぼくたちの頭上に姿を現わした。今度も、彼女は息を呑むほど見事に美しかったよ。賢い男ならその蠱惑《こわく》的な魅力にきっと抵抗して即座に背を向けるんだろうが、エウリピデスのセイレーンたちのように、彼女は岩と危険な地形でできている自分のほうへ人を引き寄せずにはおかないんだ。

ぼくたちはどんどん高く登っていて、ぼくはアーヴィンから目を離せないでいる。彼はぼくたちのだれにも負けないくらい条件に馴致している。ときどき、彼が十六も年下だという事実を忘れてしまうことがあるよ。

今朝はエヴェレストを背景にして、去年の遠征で命を落とした、ニーマをはじめとする七人のシェルパの追悼式を執り行なった。彼らの思い出を懐かしいものにするためにも、今回は何としても頂上に到達しなくてはならない。

いま、ニーマが隣りにいてくれないのが残念でならない。なぜなら、もしいてくれたら、躊躇《ちゆうちよ》なく彼を最終アタックのパートナーに指名しただろうからだ。シェルパが自身の山の頂上に立つ最初の人間になるのは、絶対に正しいことのはずだ。それは言うまでもないけれども、そうすることで、特別講演の夜にヒンクスがとったマキャヴェッリのような行動への、会心の復讐《ふくしゆう》を果たすことにもなる。でも、残念ながら、今回はシェルパは頂上に立たないだろう。彼の国の男たちのなかにいないかと探しているんだが、ニーマと同等の技量を持った者はまだ見つかっていない。

四月二十九日に、ついにベース・キャンプに着いた。ヒンクスにしては珍しくフェアなことに――あの男のそういう部分を見つけるのは簡単じゃないんだ――ぼくが要求していたものは、すでに一つ残らずそこに揃っていた。今回はテントを張ったり畳んだりして、また、装備の山への上げ下ろしをしつづけて、貴重な数日を無駄にせずにすむだろう。ミスター障害物《ハザード》(ぼくたちの日々の生活の責任を負っているだれかの、気の毒な綽名《あだな》だ)が保証してくれたんだが、第三キャンプはすでに二万千フィートのところに設営されていて、ガイ・ブーロックの指揮の下、十一人の精鋭シェルパがぼくたちの到着を待っているそうだ。

これをすべて可能にしてくれたのはノエルの八千ポンドだということを忘れてはならない。彼はいま、動くものなら何だろうと手当たり次第に撮影している。この遠征の決定版記録映画は、Ｄ・Ｗ・グリフィスの「国民の創生《バース・オヴ・ネイション》」のライヴァルになること間違いなしだろう。

ぼくはこの手紙をベース・キャンプの狭いテントで書いている。数分後には仲間と一緒に夕食をとり、そこでノートンが指揮権をぼくに委譲することになっている。ぼくはそのときに、今回のエヴェレスト登頂計画をみんなに説明するつもりでいる。そして、最愛の人、偉大な冒険がふたたび始まるんだ。登頂の可能性について、今回ははるかに大きな自信を持っている。だけど、ぼくに取り憑いて離れない壮大な相手を征服したら、すぐにボタンを押し、その直後にはきみの隣りに立っているはずだ。このくだりを読んだら、ぼくがいま、Ｈ・Ｇ・ウェルズの『タイムマシン』を再読しているとわかるんじゃないかな？　たとえ彼の架空のボタンを押せなくても、人間の能力の限りを尽くして早く帰るつもりだ。必要がない限り、一瞬たりともきみと離れていたいとは思わないからね。約束したとおり、頂上にきみの写真を置いてくるから……。

55

一九二四年　五月一日　木曜

そして、候補は八人になった。「諸君、国王陛下に」ノートン中佐がテーブルの上座の席から立ち上がり、ブリキのマグを掲げた。

ほかの隊員も即座に立ち上がり、一斉に唱和した。

「そのまま、まだ坐らないでくれ」ジョージは言った。「国王陛下に」

「諸君、チョモランマ、大地の母神に」ふたたび、全員がマグを上げた。テントの外では、シェルパが山に向かってひれ伏していた。

「諸君」ジョージは言った。「喫煙を許す」

隊員が腰を下ろし、葉巻をつけたり、ポート・ワインのデカンタをテーブルに沿って順番に回したりしはじめた。数分後、ジョージはもう一度立ち上がり、自分のグラスをスプーンで叩いた。

「諸君、まずはブルース将軍が今回、われわれと行をともにできなかったことを残念に思うと言わせてもらいたい」

「異議《ヒア・ヒア》なし」

「それから、うまいワインを残していってくれたことに、大いなる感謝をしなくてはならない。おかげで、今夜、こうやって楽しめているわけだ。そして、将軍が残していってくれたシャンパンの栓を抜く十分な理由が、神の意志によってできることを祈ろう」

「異議《ヒア・ヒア》なし」

「ブルース将軍の先見の明と努力のおかげで、われわれに残された任務はたった一つ、最終的にこの怪物を飼い慣らし、われわれ全員が故郷《くに》へ帰って普通の生活に戻ることだけになった。最初に一点の曇りもなくはっきりさせておくが、おれと一緒に最終アタックを行なう二つのチームの構成はまだ決めていない。

前回の遠征と異なっていない点を一つ挙げるなら、それはおれが諸君の一人一人をしっかりと見つづけて、最終的にだれが一番よく条件に馴致しているかを見極めるというところだ。それを肝に銘じて、明朝六時には出発できるようにしておいてもらいたい。そして、正午には一万九千フィートに到達したい。そうすれば、日没にはベース・キャンプへ戻ってこられる」

「どうしてベース・キャンプへ戻るんですか？」アーヴィンが訊いた。「できるだけ早く頂上に到達しようとするのなら、それは時間の無駄なんじゃないですか？」

「できるだけ早く、ではないんだ」サンディ・アーヴィンがいかにも未経験なのだと気づいて、ジョージは苦笑した。「初体験の高度に慣れるには、おまえでさえ多少の時間がかかる。とにかく」と、彼は付け加えた。「高く登って、低いところで寝るのが鉄則だ。われわれが完全に馴致したら」そして、つづけた。「二万三千フィートまで登って、ノース・コルに第四キャンプを設営する。そこに落ち着いたら、二万五千フィートまで上がって第五キャンプ、さらに、二万七千フィートで第六キャンプを確保し、そこから頂上を目指して最終アタックを敢行する」ジョージはしばらく間を置いてから話をつづけた。「全員に知っておいてもらいたいのだが、だれであれおれのパートナーになる者は、最初ではなく、二度目の頂上アタックをするということだ。なぜなら、おれは仲間の二人にまず歴史を作るチャンスを与えたい。最初のアタック隊が登頂に成功しなかったら、翌日、おれとパートナーがアタックを試みる。われわれ全員がみな同じ野心を持っているのはわかっている。みんな、だれよりも先にチョモランマのてっぺんに立ちたいんだ。しかし、諸君、知らせておくほうがフェアだと思うから言うが、最初にこの山の頂上に立つのはおれだよ」

　全員が笑い出し、マグでテーブルを叩いた。騒ぎが収まると、ジョージは質問を求めた。

「二度目に頂上を目指すときは酸素を使うつもりか?」ノートンが訊いた。

「ああ、そのつもりだ」ジョージは答えた。「フィンチが正しくて、酸素の助けなしでは最後の二千フィートを登り切れないと結論するまでには、だいぶ自分のなかで抵抗があったがね」

「それなら、おれは一回目のアタック隊にしてもらうしかないな」ノートンが言った。

「そして、おまえが間違っていたことを証明してやるよ。でも、実はそれはまずいんじゃないか、マロリー。だって、おれがエヴェレストの頂上に立つことになるわけだからな」

　それはもっと大きな歓声で迎えられ、もっと激しくマグでテーブルが叩かれた。

「おまえが頂上に立ったら、ノートン」ジョージは言い返した。「おれは酸素を使うのをやめて、裸足で登頂してみせるよ」

「そんなことをしても、ほとんど意味はないぞ」ノートンがマグをジョージに向かって掲げた。「二番目にエヴェレストに登頂した男の名前なんか、だれも憶《おぼ》えていないからな」

「アウト《ハウザット》（審判に判定を要求するクリケット用語）だ！」

ジョージは夢を見ているのか、それとも、実際にバットがボールを打った音が聞こえたのか、ジョージには判断がつかなかった。テントから顔を突き出すと、ヒマラヤの雪に覆われた一画が、イギリスの村のクリケット場に姿を変えていた。

二本のピッケルが二十二ヤードの間隔をあけて雪に突き立てられ、柱《ストンプ》の代わりをしていた。オデールがボールを持ってアーヴィンに投球した。ジョージは何回か投球を見ただけで、バットがボールより優位に立っているのがわかった。面白いのは、シェルパがひとかたまりになってそれを見物し、イギリス人がいったい何をして遊んでいるのかわからないままおしゃべりをしている一方で、ノエルがまるで国と国との対抗試合《テスト・マッチ》でもあるかのようにそれを撮影していることだった。

ジョージはテントを這い出ると、柱《ストンプ》の後ろに立っているノートンのところへゆっくりと歩いていって、最初のスリップのところに立った。

「アーヴィンは全然悪くないぞ」ノートンが言った。「五十点まで、あと少しだ」

「どのぐらいバットを握ってるんだ?」

「そろそろ三十分になるかな」

「それで、まだ走れるのか?」

「違う《ノット・アウト》」

「全然問題ないみたいだな。きっと鞴《ふいご》みたいな肺を持ってるんだろう。だけど、忘れるなよ、ジョージ、あいつはおれたちより、少なくとも十五は若いんだからな」

「寝惚《ねぼ》けてるんじゃないぞ、隊長《スキッパー》」オデールが怒鳴り、ボールがジョージの右手をかすめていった。

「すまん、オデール。おれが悪かった」ジョージは謝った。「違うことを考えていたんだ」

アーヴィンが次のボールで四点打を放って五十点にし、穏やかな拍手で迎えられた。

「あのオックスフォードのガキはもう十分に見せてもらったよ」ガイ・ブーロックがオデールからボールを取り上げながら言った。

ガイの第一投は少し短く、アーヴィンはそれを境界線打にして、さらに四点を稼いだ。しかし、第二投は凍った地面に当たって滑り、アーヴィンがかろうじてバットの先端に当てた打球を、ジョージは右へ横っ飛びして片手でつかんだ。

「ナイス・キャッチ、スキッパー」ガイが言った。「もう少し早く出てきてくれればよかったのに」

「よし、諸君、ここまでにしよう」ジョージは言った。「三十分後には出発したい」

急造クリケット場からあっという間に人が消え、村のクリケット選手は年季の入った登山家に変身した。

三十分後、九人の登山家と二十三人のシェルパは、早くも出発を待ち構えていた。ジョージは交通整理の警察官のように右腕を振り、出発の合図をした。その足取りは、もっと高いところでは生き延びられそうもない者をすぐに篩《ふるい》にかけはじめた。一人か二人、シェルパが道ばたに倒れ、雪の上に荷物を降ろして、山を下っていった。しかし、登攀隊は誰一人苦しげな様子もなく、アーヴィンは二本の大きな酸素ボンベを背負っているにもかかわらず、隊長の歩みに忠実に従いつづけていた。

アーヴィンがマウスピースをしていないように見えて怪訝に思ったジョージは、手招きして彼を呼び寄せた。「おまえに酸素は必要なさそうだな、アーヴィン」ジョージは言った。「少なくとも二万五千フィートに到達するまではな」

アーヴィンがうなずいた。「少なくとも二万七千フィートまでは、この貴重な酸素を一オンスたりと使わないですむのではないかと思っています。運よくあなたと一緒に最終アタックを敢行することになった場合に備えて、余分な重さに慣れておきたいんですよ。だって、ぼくは頂上に腰を下ろして」彼は頂上を指さした。「あなたが登ってくるのを待つつもりなんですから」そして、付け加えた。「可能なときには必ずケンブリッジ大学のやつらを叩き潰すのが、オックスフォードの学生の義務ですからね」

ジョージはかすかにうなずいて言った。「明日はその二本のボンベをおれが背負うことにしよう。余分な重さに慣れることも重要だが、それだけではなくて、岩や水の膜が張った急斜面を攻めるときには、わずかにバランスを崩しただけでも命取りになりかねないからな」

二時間後、ジョージは隊に小休止を命じ、ダイジェスティヴ・ビスケットとマグ一杯の紅茶を飲ませてやってから、ふたたび歩き出した。登山にはこれ以上ない天候で、ときどき雪がちらつくものの、雪達磨《ゆきだるま》を作っている子供でさえ気にしない程度に過ぎず、隊の全員が着実に前進しつづけた。この天候はいつまでこんなにおとなしくしてくれているのだろうか、とジョージは疑い深く考えた。

そして、祈った。しかし、その祈りは報われなかった。

56

一九二四年　五月十七日
最愛のルース
災厄だ。この二週間というもの、思うに任せないことばかりだ。天候が悪すぎる。鼻の先ほんの数フィートしか見えないほどの猛吹雪が何日もつづいている。
ノートンはいつもライオンのように勇敢で、何とか二万三千四百フィートまでたどり着き、ソマーヴェルと二人でそこに第四キャンプを設営して一晩を過ごした。しかし、翌日、二人は日没までに第三キャンプへ引き返すのが精一杯だった。二千四百フィートを下るのに八時間以上かかったんだ。考えても見てくれ――ハロルド・エイブラハムズなら九・六秒で走りきってしまう百ヤードに、一時間かかった計算になる。
次の日、オデール、ブーロック、そして、ぼくが二万五千三百フィートまで登り、凍った岩棚に何とか第五キャンプを確保した。だけど、そこで一晩過ごしたあと、天候のせいで、またこの第三キャンプへ戻るしかなかった。帰り着いてみると、シェルパの一人が脚を折り、もう一人は肺炎が疑われるというニュースを持って、ドクター・ヒングストンが待っていた。ぼくも足首の調子がまた悪くなっていたけど、それを告げる気もしなくなった。ガイとオデールは親切にも、歩ける怪我人《けがにん》がベース・キャンプへ下りるのに同行する役目を志願して引き受けてくれた。怪我人はそこから、だれかに付き添われて自分たちの村へ帰ることになる。

ガイは翌日戻ってくると、われわれの靴屋が凍傷で死に、グルカ下士官の頭に血栓ができ、さらに十二人のシェルパが逃げたことを報告した。一週間に一シリング足らずの報酬しか払っていないことを考えれば、彼らを責めるわけにはいかないだろう。ベース・キャンプの士気は明らかに落ちている。ここがどんなふうか、想像できるかい？

ノートンとソマーヴェルが、三回試みたあとでようやくノース・コルに到達し、気温が華氏零下二十四度にもかかわらず、何とかキャンプを設営した。でも、戻ってくる途中で、シェルパのうちの四人が雪崩を恐れて怖《お》じ気《け》づき、彼らだけノース・コルへ戻ってもう一晩過ごした。

翌朝、ノートン、ソマーヴェル、ぼくの三人で救援パーティを組織し、どうにかシェルパたちのところへ行って、彼らを比較的安全な第三キャンプへ連れて帰った。たぶん、彼らを見ることはもうないだろう。

これだけでは足りないというなら、今朝、朝食のときにわれわれの気象学者が何と言ったか教えようか。彼の見るところでは、もうすぐモンスーンがやってくるらしい。でも彼は、前回は、それがやってくる前に晴天が三日連続したことを思い出させてくれた。だからといって今年もそうなる保証はないけど、天候を司《つかさど》る神に――どの神だか知らないが――祈らずにはいられないよ。

ジョージはそれがやってくるのを見たはずだが、もう一度チャンスがほしいと思うあまり、周囲で何が起こっているか、ノートンが作戦会議を招集するまで気づかなかった。

「この状況を考えると、諸君」ノートンが言った。「これ以上だれかを失う前に早めに手を引いて損失を食い止め、引き返すのが賢明だと思う」

「それはだめだ」ジョージは即座に却下した。「そんなことをしたら、半年も命がけで頑張ったあげく、何も成果を見せられないことになる」

「少なくとも、生きていればまた戦うチャンスはあるだろう」ソマーヴェルが言った。

「これを逃したら、ここにいるだれにも次のチャンスはない」ジョージはにべもなくはねつけた。「これが最後なんだ。それはおまえもわかっているだろう、ソマーヴェル」

ジョージの言葉の激しさにソマーヴェルが一瞬たじろぎ、しばらくしてから何とか反論した。「しかし、いま引き返せば、少なくとも生きてはいられるだろう」

「おれに言わせれば、それは生きていることにならない」ジョージは反論し返し、一番古い友だちを見た。「引き返すという考えをどう思う、ガイ?」

どう答えるのか、みんなが返事を待ち受けたが、ブーロックはすぐに返事をしなかった。

「おれはいまでもおまえの判断に任せるつもりだよ、ジョージ」彼がようやく答えた。

「天候がどうなるか、もう何日か様子を見たらどうだろう」

「同感です」アーヴィンが言った。「しかし、引き返すことになったとしても、それはそれでかまいません。要するに、みなさんと違ってぼくは若いんです。次のチャンスがあるってことです」

全員がどっと笑い、いくらか緊張が和らいだ。

「あと一週間待って、それから店を畳むかどうかを決めたらどうだろう」オデールが提案した。「それまでに天候がよくならなかったら、負けを認めて故郷《くに》へ帰るべきかもしれないな」

ジョージが仲間を見渡すと、全員がうなずいていた。彼はA・C・ベンソンの思慮深いアドヴァイスを思い出した――〝負けとわかったら、優雅に矛を収めること〟。

「では、そうしよう」ジョージは言った。「あと七日、ここに踏みとどまって、もし天候が好転しなければ、ノートンがふたたび指揮を執って、イギリスへ帰ることにする」

ジョージはとりあえず、今日――いや、もっと正確に言えば七日か――は勝ったような気がした。しかし、それで十分だろうか？

一九二四年　五月二十九日

というわけで、この何日かのうちに天候が機嫌を直してくれない限り、八月の末か、遅くとも九月の初めにはイギリスへ帰れると思う。

素晴らしい詩をありがとうと、クレアにお礼を言っておいてくれ。ルパート・ブルックは彼女を誇りに思ったはずだ。それから、ベリッジに猫の絵――それとも、犬の絵だったかな？――をありがとうと伝えてほしい。言うまでもないが、ジョンの短いけれどもよくわかる心のこもった挨拶に、ぼくからも心のこもった挨拶を返すよ。

きみが時間を見つけてケンブリッジへ行き、家を探してくれているのをうれしく思うし、一年のいまごろのフェンズ（イングランド東部、リンカーンシャーのウォッシュ湾近くの低地）がとても寒いと知らせてくれてありがとう。

最愛の人、ぼくは新しい仕事が始まるのをとても楽しみにしているし、死なないために男と抱き合うのではなくて、本当に抱きしめたい女性と一緒に眠る日を待ち焦がれている。今回は、イギリスへ帰り着いても、エヴェレストのマロリーを歓迎してくれるのは桟橋の群衆ではなくて、愛するレディと終生暮らすのを楽しみにしている中年男を待つ、たった一人の若い女性というわけだ。

きみの愛する夫

ジョージ

57

一九二四年　六月二日　月曜

候補は五人になった。快晴無風の朝、ジョージが食事をしていると、シェルパがベース・キャンプから電報を届けに上がってきた。ジョージは封を開けてゆっくりと文面に目を通し、そこに含まれている意味を考えて笑みを浮かべた。そして、地面に胡坐をかいて隣りに坐っているノートンを一瞥した。

「ちょっといいかな、オールド・チャップ」

「ああ、もちろんだ」ノートンがスライスしたハムとトングを脇へ置いた。

「最後に訊かせてもらうが」ジョージは言った。「最終アタックのパートナーをおまえにすると言ったら、そのときは酸素を使うことを考えてくれるか？」

「いや、そのつもりはない」ノートンがきっぱりと拒否した。

「そうか」ジョージは穏やかに応えた。この問題についてこれ以上どんなに議論しても、ノートンの気持ちを変えられそうになかった。「その場合は、おまえに酸素なしで第一次アタック隊を率いてもらうことになる。成功すれば……」

「諸君」ジョージは隊員を集めて言った。「朝食の邪魔をして申し訳ないが、たったいま、コロンボにいる姉から電報が届いた」そして、メアリーの電報に目を落とした。〝モンスーンがあなたたちのところへ到達するまで、一週間あるいは十日間は好天がつづくかもしれません。幸運を祈ります〟ジョージは顔を上げた。「一瞬たりと無駄にはできないぞ。時間は十分あったから、どうするのが最善かをしっかり考えさせてもらった。これから、それを諸君に伝えたい。まず、頂上を攻める二つのパーティのメンバー編成だ。第一次アタックはノートンとソマーヴェルにやってもらう。一時間後に出発して、暗くなる前に二万五千三百フィートの第五キャンプ到着を目指す。北東稜の縁に沿って進みたければ、明日は早起きをし、二万七千フィートあたりで第六キャンプを確保して、日没前に床につく。翌朝には頂上を目指して最初のアタックを敢行しなくてはならないから、なるべくたくさん眠っておく必要がある。何か質問はあるか、諸君」

ノートンとソマーヴェルが、ともに首を横に振った。彼らはこのひと月というもの、際限なく話し合い、ありそうな筋書きは検討し尽くしていた。あとはみんなの合意を得るだけだった。

「一方、ほかの者たちは」ジョージはつづけた。手持ち無沙汰だが仕方がない、頂上を征服したヒーローの帰還をおとなしく待つだけだ」

「もし彼らが失敗したら？」アーヴィンがにやりと笑って訊いた。

「そのときは、サンディ、おれとおまえが酸素を使って第二次アタックを試みる」

「おれたちが成功したら？」ノートンが訊いた。

ジョージは皮肉な笑みを浮かべて老兵を見た。「その場合は、オデールとおれが酸素の助けなしで二度目の登頂に挑む」

「しかも裸足でだろ？　忘れたとは言わせないぞ」ソマーヴェルが付け加えた。

全員が笑い出したが、ジョージは二人の仲間にわずかに頭を下げ、少し待ってからふたたび口を開いた。

「諸君、この山の頂上に最初に立ったら大英帝国の全国民にどんな演説をするかとか、どんな栄光を手に入れられるかとかを考えているときでは、いまはない。若い登山家たちに自分の過去の栄光を語って聞かせるのは、アルパイン・クラブのバーに坐るようになってからでいい。そのときには、時間は十分にあるんだからな。しかしいまは、もし成功したいのなら、貴重な一瞬を無駄にする余裕はない。では、頑張ってくれ、諸君、道中の安全と成功を祈る」

三十分後、ノートンとソマーヴェルは完全装備で準備を整えていた。ジョージ、オデール、アーヴィン、ブーロック、モーズヘッド、そして、ヒングストンが一列に並んで二人を見送り、彼らの姿が見えなくなるまで、ノエルがフィルムを回しつづけた。ノエルは見ていなかったが、ジョージは天を仰いで言った。「私にあと一週間ください。そうしたら、二度と何もお願いしませんから」

ジョージは自分のテントに独りいて、ノートンとソマーヴェルの足取りを計算していた。そして定期的に時計を見て、二人がいまどのあたりまで登ったかを想像しようとした。

残っている隊員と一緒に時間をかけてマカロニとプルーンの昼食をすませたあとで、テントへ戻った。毎日の習慣になっているルースへの手紙を書き、高いところへ上がりたがるもう一人の男、トラフォード――いまやマロリー中佐だった――にも便りを認《したた》めた。それから『イーリアス』を何行か翻訳した。さらにガイと組んで、オデールとアーヴィンを相手に、ブリッジの五番勝負をした。最後の五回戦の勝負が決したあと、オデールが糧食のなかからコンビーフの缶を掘り出し、ろうそくにかざして解凍してから四等分した。そのあと、残っている登攀パーティのメンバー全員が、何をするでもなく、月が太陽と交代するのを眺めた。その太陽は雪の向こうでちらちらしていたと思うと、あっという間に世界を完璧な登山日和に変えてくれた。だれも口にしなかったが、胸のうちには一つの共通した思いしかなかった——あいつらはどこだ？

ジョージは十一時になる直前、何時間も連続して何もしないことに疲れ果て、寝袋にもう一度潜り込んだ《クライムド・バック》。その日何とか実行できた、唯一の登る作業《クライミング》だった。深い眠りに引きずり込まれながら考えた——ノートンとソマーヴェルに最初の登頂アタックをさせて、おれは死ぬまで後悔しないだろうか。一週間後に凱旋部隊を率いてイギリスへ帰っても、〝二番目にエヴェレストに登頂した男の名前なんか、だれも憶えていないからな〟というノートンの言葉が永久に忘れられなくなるだけではないだろうか。

翌朝、アーヴィンはだれよりも早く起きると、すぐに仲間のために朝食の用意に取りかかった。イギリスへ帰ったら死ぬまで鰯《サーディン》は口にしないぞ、とジョージは誓った。

朝食が片づくと、アーヴィンは九本の酸素ボンベを並べ、隊長と同じく、最終アタックのために最良の二本の選出作業にかかった。ジョージが見ていると、アーヴィンはゆっくり、しかもしっかり手順を決めて、ボンベを軽く叩き、ノブを調節し、それが使いものになるのか、あるいは、持ち主ともどもノース・コルに置き去られてしまうのかを判断しようとしていた。オデールは希少な岩や化石を探して、嬉々《きき》として自分だけの世界に入り込んでいた。

午後になると、三人はノエルが撮影したもっと山の上の部分の写真を詳しくあらため、何でもいいから頂上を目指すときに役に立ちそうな情報を探した。そして、稜線をたどってセカンド・ステップを正面から攻めるべきか、それとも、シンプルに、イエロウ・バンドの石灰岩のスラブを突っ切るノース・フェイスを進むべきかを熱心に議論した。三人ともわかっていたのだが、実際には、ソマーヴェルとノートンが戻ってきて、自分たちが直接仕入れた情報を教えてくれ、多すぎるぐらいに多い地図上の空白と欠落している知識を補完できるまでは、最終決定はできないのだった。

夕食のあと、ジョージは自分のテントへ戻り、一方の手に粉ミルクで作った飲み物を、もう一方の手に『ユリシーズ』を持った。百七十二ページで眠ってしまったが、イギリスへ帰る船の上で、ジョイスのこの傑作を何としても読み切ってしまうつもりでいた。

翌朝、オデールは早く起きて、仲間が驚いたことに、リュックサックを背負い、ゴーグルをかけて手袋をはめた。

「まだテントが無事かどうか、ちょっと第五キャンプまで行ってくるよ」寝袋から這い出したジョージに、彼は説明した。「それに、食料を置いてきたほうがいいと思うんだ。ソマーヴェルもノートンも腹ぺこに違いないからな」

二万五千フィートでそんなに簡単そうに話されれば、普段のジョージなら笑ったに違いない。しかし、オデールというのは、自分の身の危険より他人の窮状を思いやる典型的なタイプだった。シェルパを二人ともなって山を登っていくオデールは、まるでコッツウォルドで午後の散策でもしているように見えた。ジョージはそれを見て、おれの最終アタックのパートナーとしてはオデールがベストではなかったかと思いはじめた。今回、オデールはジョージを含めてほかのだれよりも、はるかにうまく条件に馴致しているようだった。

オデールは昼食に間に合うように戻ってきて、鰯二匹と全粒小麦《フォールミール》ビスケット——彼の最初の食事《フォール・ミール》——を平らげたが、息一つ切れているふうではなかった。

「あいつらの姿は見えなかったか?」オデールがリュックを降ろすのも待ちきれずに、ジョージは訊いた。

「見えなかったな、スキッパー」オデールが答えた。「だが、あいつらが正午までに頂上へ着き、戻ってきて第六キャンプで一夜を過ごしていたら、第五キャンプへ下りてくるのは二時近くになるんじゃないかな。そうだとしたら、ここへ帰着するのは今日の午後の四時ごろだろう」

「辛うじてお茶の時間に間に合うな」ジョージは言った。

　ジョージはいたって簡単な昼食を終えると、ふたたび『ユリシーズ』を読みにかかった。だが、大半の時間はページをめくるよりも山を凝視し、ノース・フェイスの荒れ地から二つの黒い点が現われないかと心待ちにして費やされた。時計を見ると、二時を過ぎたばかりだった。いま二人が現われたら、それは登頂失敗を意味する。四時ごろに現われたら、栄光はまさにあの二人のものになる。六時になっても戻ってこなかったら……ジョージはその先を考えまいとした。

　三時が過ぎ、四時になり、五時がそのあとにつづいた。そのころには、世間話が本気の話し合いに変わっていた。夕食のことなどだれも口にしなかった。六時には太陽と月が交代し、全員が二人の安否を真剣に不安がるようになった。八時には、最悪の事態を恐れはじめていた。

「ちょっとおれがノース・リッジへ戻って」たいしたことじゃないという口調でオデールが言った。「あいつらがそこで一晩過ごすことにしたのかどうかを見てくるよ」

「おれも一緒に行こう」ジョージは勢いよく立ち上がった。「予行演習にもなるからな」

心配する必要は何もないという口ぶりだったが、それが捜索隊だということはだれもがわかっていた。

「ぼくも行きます」アーヴィンが酸素ボンベを雪の上に降ろした。

ありがたいことに満月で、風も雪もない静かな夜だった。二十分後、オデールとアーヴィンが完全装備で準備を終えると、ジョージは二人をともなって仲間の捜索に出発した。

三人は上へ上へと登っていった。一歩進むごとに、ジョージの落胆は色濃くなった。しかし、引き返そうとは一瞬も思わなかった。なぜなら、もしかしたらすぐそこに……。

最初に彼らを見つけたのは、一番若い目を持っているアーヴィンだった。「あそこだ！」と叫んで、彼は山のほうを指さした。

その姿を見たとき、ジョージは心臓が跳ねた。しかし、二人は足を引きずりながら戦場を離れようとしている老兵さながらで、背が高いほうのノートンが一方の腕をソマーヴェルの肩に回して寄りかかり、もう一方の手で目を覆っていた。

ジョージは必死に斜面を登って二人のところにたどり着いた。すぐ後ろから、アーヴィンがやってきた。ジョージとアーヴィンは左右から肩に腕を回し、ほとんど帰り着くまで、ソマーヴェルを支えつづけた。ノートンは今度はオデールの肩に腕を回して寄りかかったが、もう一方の手は依然として目を覆いつづけていた。

ジョージとアーヴィンはソマーヴェルを隊のテントに連れていき、そうっと地面に横たえて毛布を掛けてやった。間もなくテントに入ってきたノートンも、ほぼその瞬間に膝をついた。すでにブーロックが、温かいボヴリルを入れたカップを二つ用意して待っていた。彼がカップの一つをソマーヴェルに渡しているとき、ノートンはマットレスまで這っていって、仰向けに大の字になった。だれも一言も発せず、二人が回復するのを待った。

ジョージはソマーヴェルの靴紐《くつひも》を解《ほど》き、登山靴をゆっくり脱がせてやると、優しく脚を擦《こす》って、血の巡りを少しでもよくしてやろうとした。ブーロックがボヴリルのカップをノートンの口にあてがってやったが、彼はそれを一すすりもできなかった。忍耐が美徳だなどと思ったことはジョージは一度もなかったし、どちらかが登頂したのかどうかを知りたくてたまらなかったが、それでも、何とか辛抱して黙っていた。

みんなが驚いたことに、最初に口を開いたのはソマーヴェルだった。「セカンド・ステップのはるか手前で」と、彼は話しはじめた。「おれたちはそれを登らず、イェロウ・バンドの縁を迂回することにした。距離は長くなるが、そのほうが安全だからだ」そして、喘《あえ》ぎながら付け加えた。「というわけで、そこを突っ切って巨大な峡谷へ出た。そこを横断できれば、それから先は傾斜がもっとも穏やかだから、最後のピラミッドまで一気に進むことができるはずだった。おれたちの前進速度は遅かったが、それでも、頂上まで登り切る時間は十分にあると信じていた」

それで、頂上まで登り切ったのか、とジョージは訊きたかった。そのとき、ソマーヴェルが身体《からだ》を起こして、いまは冷めてしまったボヴリルをもう一口すすった。

「二万七千四百フィートまでは思惑通りだった。しかし、そこで喉の調子が悪くなり、咳き込んで、痰《たん》のようなものが出はじめた。それをなだめようとノートンが力一杯背中を叩いてくれたときには、喉が半分口からと飛び出しそうになった。それでも何とか頑張ろうとしたが、二万八千フィートに達するころには、もう一歩も足を前に出せなくなった。立ち止まって休むしかなかったが、前方には頂上が見えていた。だから、登りつづけろとノートンに強硬に主張した。そしてその場に坐り込み、彼が頂上を目指して登っていくのを見守った。やがて、その姿が見えなくなった」

ジョージはノートンを見て、静かに訊いた。「たどり着いたのか?」

「いや、だめだった」ノートンが答えた。「休憩しようと足を止めたとき、古典的な過ちを犯してしまった」

「ゴーグルを外したなんて言うんじゃないだろうな」ジョージは信じられなかった。「それだよ、どんな状況でもそれだけは絶対にするなと、数えきれないくらいおれたちに注意してくれたのにな」ノートンが覆っていた目から腕を離した。「ゴーグルをかけ直したときには、まぶたがくっついたままほとんど凍ってしまい、自分の足元も見えなくなっていた。おれは大声でソマーヴェルを呼び、彼は自分の居場所を教えようと大声で叫び返した。そして、おれはのろのろとではあったが、なんとか彼のところへ帰り着いた」

「まるで男声合唱団だよ」ソマーヴェルが笑みを浮かべようとした。「おれの懐中電灯の助けを借りて、亀の歩みではあったけれども、何とか下山をつづけることができた」

「ソマーヴェルのおかげだ」ノートンが言ったとき、オデールが湯に浸したハンカチで彼の目を覆ってやった。

しばらくはどちらも口を開かなかったが、やがて、ノートンが大きく息を吸った。「目の見えない人間が目の見えない人間を案内して歩く見本としては、これ以上のものはいまだかつてないだろうな」

さすがのジョージも、今度は笑わざるを得なかった。「それで、どの高さまで到達したんだ？」

「それがわからないんだ」ノートンが高度計をジョージに渡した。

ジョージはちらりとそれを見ただけで宣言した。「二万八千百二十五フィート。おめでとう、やったな、オールド・チャップ」

「最後の八百七十七フィートを登れなかったことがめでたいか？」ノートンがひどく絶望的な声を出した。

「そうじゃない。歴史を作ったことがめでたいんだ」ジョージは訂正した。「だって、おまえは到達高度の記録を更新したんだぞ。フィンチに早く教えてやりたいもんだな。そのときのあいつの顔を見るのが待ちきれないよ」

「そう言ってもらうと多少の慰めにはなるが」ノートンが応えた。「おれが真っ先に思い出すのがフィンチなんだ。あいつの言うとおり、酸素を使うことに同意するべきだったよ」そして、間を置いてから付け加えた。「それにもしこの天候がつづけば、おれはせいぜい歴史の脇役止まりだろう。だって、こういう常套句を許してもらいたいんだが、オールド・フェロウ、おまえの勝ちに終わるはずだからな」

ジョージは微笑したが、それについては何も言わないことにした。

ソマーヴェルが付け加えた。「おれもノートンと同じ思いだな。率直に言うと、おまえ、オデール、アーヴィンの三人がいま最善を尽くすとすれば、それは十分によく眠ることだ」

ジョージはうなずき、三カ月以上も一緒にいるにもかかわらず、二人の仲間の両方と握手をして、十分な睡眠をとるべく自分のテントへ引き上げた。

もしこの天候がつづけば……というノートンの言葉が常に頭にとどまってさえいなければ、ジョージが成功することもあり得たかもしれない。

58

一九二四年　六月六日　金曜

候補は三人になった。

ジョージは夜明けのはるか前に起床した。満月が雪をぎらりと照り返して、雪原を微細なダイヤモンドを敷き詰めたように見せていた。気温は華氏零下三十度だったが、彼は身体《からだ》が温かくなるのを感じ、もう一人をだれにするかまだ決まっていないとしても、自分たちは成功するという自信が生まれていた。

ノートンとソマーヴェルでさえあれほど頂上に接近したあとで、果たして酸素の世話になる必要があるだろうか。それに、オデールはだれよりも馴致していると証明したではないか。それとも、ふたたび道ばたにへたり込んで、手にしたも同然の栄光を手放してしまうのだろうか。前人未踏の未知の領域に踏み込んだとき、アーヴィンの経験のなさが足手まといになるだろうか? あるいは、あのありがたい酸素ボンベの助けを借りた彼の熱意こそが、唯一成功を保証するものなのだろうか?

「おはようございます」背後で声が言った。

くるりと振り返ると、アーヴィンがだれでも釣り込まれそうになる、持ち前のにやりとした笑みを浮かべていた。「おはよう」ジョージは応えた。「朝食にするか?」

「でも、まだ五時ですよ」アーヴィンが時計を見た。「それに、オデールはまだ眠っています」

「それなら、起こせ」ジョージは言った。「六時には出発しなくてはならないんだ」

「六時ですか?」アーヴィンが訝った。「でも、ゆうべの最終説明では、八時の朝食に間に合うように起床して、九時に出発するための準備を整えることになっていましたよ。二万七千フィートの岩棚に必要以上に長居をしたくないというのがその理由でした」

「それなら六時半にしよう」ジョージは譲歩した。「そのときにオデールが起きていなければ、彼なしで出発する。ところで若いの、そんなにやる気満々なら、気分転換に人の役に立つというのはどうだ?」

「たとえば、どんなことでしょう?」

「おれの朝食を作るというのはどうだい?」

また、あの釣り込まれそうな笑みが戻った。「できますものは、鰯《サーディン》をビスケットに載せて軽く焼いたもの、骨を抜いた鰯《サーディン》のレーズン添え、私どものテントのお薦めは、鰯《サーディン》の──」

「もういい」聞くだけでうんざりだった。

ジョージ、オデール、アーヴィンの三人は、五人のシェルパにテント、装備、食料を運ばせて、六月六日の午前七時三十分を過ぎた直後にノース・コルをあとにした。オデールは朝食を食べ損ねたが、文句は言わなかった。出発前、一番最後に握手をしたガイ・ブーロックがジョージに言った。「二日後に会おうぜ、旧友」

「ああ、湯を沸かして待っていてくれ」

ジョージのかつての寮監のミスター・アーヴィング──彼はいまも存命だろうか、とジョージは思った──がよく言っていたとおり、出発するのに遅すぎることはあっても、早すぎることはない。ジョージは何かに取り憑かれた男のように歩き出し、その足取りは、オデールやアーヴィンがついていくのが難しいほどだった。

ジョージは澄み切った青い空を何度も疑わしげに見上げ、風の出る兆候がほんの少しでもないか、一条《ひとすじ》の雲がそこにないか、雪の最初の一片が舞い落ちてこないかを見逃すまいとした。そういうことがあれば、練り上げた最善の計画をすべて変更しなくてはならないかもしれない。空は断固として静かで穏やかだったが、ジョージは過去の苦い経験から、この貴婦人が瞬く間に心変わりすることを知っていた。二人の仲間にもしっかりと目を配りつづけた。もしどちらかが苦しそうに見えたら――一番いいのは実際に遅れてくれることだが――自分が最後の判断をしなくとも、最終アタックのパートナーは自《おの》ずと決定される。しかし、それから一時間後、いまだ甲乙つけがたいことを受け入れざるを得なかった。

三時を何分か過ぎて、第五キャンプに着いた。予定よりずいぶん早かった。ジョージは時計を見て計算しようとした。ハンニバルがアルプスを越えたとき、彼はその計算を自分でするのではなく、常に太陽に任せた。この勢いを駆って第六キャンプまで押し、一日分の余裕を作るべきだろうか。あるいは、それをやると体力を消耗してしまい、待ち受けている大事な挑戦ができなくなるという結果を招くだけだろうか？ ジョージは大事を取ることにし、明朝は何をおいてもまずは第六キャンプへ向かえるようにすると、夜の早いうちに決めた。だが、同伴者をどっちにするか？ どっちをおれと一緒に頂上へ向かわせ、どっちをシェルパを連れてノース・コルへ引き返させるのか？

早く寝袋に潜り込んだからといって、必ずしも眠れるとは限らなかった。ジョージはほぼ一時間ごとに目を覚まし、テントから顔を覗かせて、これほど澄み渡った空でなければ見えない——そういうチャンスに恵まれる者はほとんどいないのだが——星が出ているかどうかを確かめた。それはいまも出ていた。アーヴィンは子供のように眠り、オデールに至っては、大胆にも鼾《いびき》までかいていた。ジョージは二人を見て、最終アタックのパートナーをどちらにするかという問題と格闘しつづけた。オデールにすべきだろうか——何といっても、彼はこの日のために長年努力し、ようやくチャンスを、しかも、おそらくは最後になるだろうチャンスをつかんだのだ。それとも、アーヴィンにすべきか？　考えてみれば、世間の注目を浴びたいと夢見るのは人間の若者だけだが、今回選ばれなかったとしても、彼には二度目のチャンスをつかむための時間がたっぷりある。

確かなのはたった一つ、おれにはこれが最後のチャンスだということだ。

翌朝四時を過ぎた直後、いまも平和に輝く月に照らされながら、三人はふたたび出発した。足取りは時間の経過とともに遅くなり、ついにはすり足のようになってしまった。オデールもアーヴィンも苦しかったのかもしれないが、そんな気配はこれっぽっちも見せないで、リーダーであるジョージに遅れを取るまいと頑張っていた。高度計を見ると、二万七千百フィートだった。三十分歩いて二百三十フィート稼いだところで、三人は疲れ切って崩れ落ちた。ノートンとソマーヴェルが張ったテントがまだ無事に立っているのが見えたときは、心底から大きな安堵が湧き上がった。ジョージとしては、最終決断をこれ以上先送りするわけにはいかなかった。あの小さなテントで三人が寝るのは無理だし、もう一つテントを張る広さは、その岩棚には明らかにない。

ジョージは地面に坐り直し、ノートンに宛てて、自分たちのこれまでの進み具合の報告と、午前中に最終アタックを敢行する旨《むね》を伝えるメモを走り書きした。そして立ち上がると、黙っている二人を見てから、メモをオデールに渡した。「すまないが、これをノース・コルまで届けて、ノートンが受け取るのを見届けてくれないか」

オデールが一切気持ちを顔に表わさず、黙ってうなずいた。

「悪いな、オールド・チャップ」ジョージがそう付け加えて、その理由を説明しようとしたとき、オデールが言った。「おまえは正しい判断をしたんだよ、スキッパー」そしてジョージと握手をし、それから、フィンチの代わりの登攀隊員にと自分が王立地理学会に推薦した若者とも握手をした。「幸運を祈る」オデールはそう声をかけて踵を返し、一人で下っていきはじめた。今夜は第五キャンプで過ごして、ノース・コルに帰着するのは次の日の朝になるはずだった。

これで、二人になった。

59

一九二四年　六月七日

マイ・ダーリン

ぼくはいま、海抜二万七千三百フィート、故国から五千マイル近く離れた小さなテントにいて、栄光の径《みち》を求めている……

「寝なかったんですか？」アーヴィンが目を擦りながら起き上がった。

「下山するまではな」ジョージは言った。「だから、明日のいまごろは泥のように眠っているさ」

「明日のいまごろは、長年追いかけてきた龍《ドラゴン》を退治した新たな聖ジョージ（イングランドの守護聖人）として、熱狂的に迎えられてますよ」アーヴィンが酸素ボンベのインディケーターを調節しながら言った。

いな」

「ドラゴンを退治するのに酸素に頼らなくちゃならなかった聖ジョージなんて思い出せな

「あの当時の責任者がヒンクスなら」アーヴィンが言った。「聖ジョージは剣を使うことも許されなかったでしょうよ。『知らないのか、オールド・チャップ、アマチュア規定に反するんだ』ってね」そして、想像上の口髭《くちひげ》に触りながら付け加えた。「『あんなみすぼらしい獣など、素手で絞め殺さなくてはだめだ』」

王立地理学会事務局長の口ぶりにあまりによく似ていたので、ジョージは笑ってしまった。「ともかく、おれがアマチュア規定を破るとしたら」と、彼は言った。「おまえのありがたい酸素ボンベが使いものになるかどうかを、明日の朝四時までにはっきりさせないとな。さもないと、おまえをノース・コルへ送り返して、代わりにオデールにきてもらうことになるぞ」

「その心配は無用です」アーヴィンが応えた。「四本とも完璧に作動していますから、たったの二千フィートを登って戻るのに八時間以上かけるつもりでなければ、お釣りがくるほどの酸素を供給してくれますよ」

「たった、たったの二千フィートをどう感じるか、若造、おまえはまだまるでわかっていないんだろうな。それに、おまえがまた寝てくれて、妻へのこの手紙を仕上げさせてくれれば、登頂成功の可能性ははるかに高くなるんだがな」

「一日も欠かさず奥さんに手紙を書いているんですか？」

「そうとも」ジョージは認めた。「運よくおれの奥さんの半分でも美しい女性を見つけたら、おまえだって、結局はおれと同じ気持ちになると思うぞ」

「もういるかもしれませんよ」アーヴィンが言った。「ただ、こっちへ発つ前にそれを告白するのを忘れてしまいましてね。だから、彼女がぼくの本心をわかってくれているかどうかはあまり自信がないんです」

「わかってくれるさ」ジョージは言った。「おれを信用しろ。だが、信用できないんなら、彼女に手紙を書きつづけるんだな――オックスフォードでは、意思疎通の手段はいまも手紙だろ？」

ジョージは辛辣なしっぺ返しを待ちかまえたが、その反撃は返ってこなかった。早くも深い眠りに戻っているアーヴィンを見てジョージは苦笑し、ふたたびルースへの手紙を書きはじめた。

かじかんだ手で、きみの愛する夫、ジョージと認《したた》め、封筒に収めて封をすると、トマス・グレイの『田舎の教会墓地で詠《よ》まれた悲歌《エレジー》』を読んでから、ようやくろうそくを吹き消して眠りについた。

一九二四年　六月八日　日曜

「このスカーフをとってもいいか?」オデールは訊いた。

「ああ、もちろんだ。どうぞ、やってくれ」ノートンが応えた。

ノートンの顔を覆っていた絹のスカーフを、オデールはそうっと持ち上げた。

「くそ、まだ何も見えない」ノートンが吐き捨てた。

「慌てるな」ソマーヴェルがたしなめた。「雪目になったら、視力が戻るまでに二、三日かかるのは珍しくない。いずれにしたって、おれたちはマロリーが戻るまでどこへも行かないんだ」

「おれは下りることを気にしてるんじゃない」ノートンがぴしゃりと言った。「上がることを気にしているんだ。オデール、ボヴリルの容器とケンダル・ミント・ケーキを持って、第六キャンプへ戻ってくれないか。ジョージのことだ、忘れていってるに違いない」

「すぐ行くよ」オデールは請け合い、テントの外を覗いた。「それにしても、記憶にないほどの登山日和だな」

ジョージが四時を数分すぎて起床すると、そのときにはすでにアーヴィンが朝食の用意をしていた。

「昇天日のメニューは何なんだ?」ジョージはテントから顔を覗かせ、天候を確認しながら訊いた。耳が痛いほどの寒気にさらされているにもかかわらず、頬がゆるむのがわかった。

「マカロニと鰯《サーディン》です」アーヴィンが応えた。

「興味深い取り合わせだが」ジョージは言った。「それにしても、ミセス・ビートンのクックブックの改訂版は出る気配がないようだな」

「多少の変化をつけるぐらいはできたんですよ」アーヴィンがにやりと笑みを浮かべた。「あなたが食料を荷物に入れるのを忘れさえしなかったらね」

「それについてはもちろん謝るとも、オールド・チャップ」ジョージは言った。「わが過失なり《メア・クルパ》」

「謝ってもらう必要はありませんよ」アーヴィンが言った。「正直に言うと、あんまり不安で、食うことすら考えられません」そして、古い飛行ジャケットを着た。この前、ジョージの弟のトラフォードが休暇でザ・ホルトへきたときに着ていたものとよく似ていた。

アーヴィンはどこで手に入れたんだろう、とジョージは訝った。この若さだから、戦争に行ったはずはないが？

「ぼくの寮監のです」訊かれてもいないのに、アーヴィンがボタンを留めながら説明した。

「ずいぶん年寄りになったような気分におれをさせてくれるじゃないか」ジョージは言った。

アーヴィンが笑った。「あなたが朝食を食べているあいだに、酸素ボンベの準備をしておきます」

「鰯を二匹やっつけて、オデールに短い手紙を書いたら、そっちへ行く」

テントを出ると、快晴の空から降り注ぐ朝陽が眩《まぶ》しく、アーヴィンは危うく目をやられそうになった。

もともとは鰯だったらしいものを飲み込み、マカロニには手をつけずにオデールへの手紙を走り書きすると、それを自分の寝袋の上に置いた。彼が今日のうちに第六キャンプへ戻ってくるという、絶対の確信があった。

寝るときにすでに四枚着ていたジョージは、いま、その上に厚い毛布のヴェスト、編み込みの絹のシャツ、フランネルのシャツ、さらにもう一枚、絹のシャツを重ね着した。それから、シャックルトン・スモックと呼ばれるバーバリーの木綿のジャケットを羽織り、ゆったりしたギャバジンのズボンの上からカシミヤのゲートルを巻いて、登山靴を履いた。ルースが編んでくれた毛糸のミトンを両手にはめると、最後に弟の革の飛行帽をかぶり、フィンチにもらった最新型のゴーグルをつかんだ。まさしく国王に拝謁を賜るにふさわしい服装だとチョモランマも同意してくれるはずだったが、それでも、手近に鏡がないのがありがたかった。

テントを這い出てアーヴィンのところへ行き、彼に手伝ってもらって酸素ボンベを背負った。準備が終わると、ジョージはよくわからなくなった——普通に息ができない苦しさよりも、酸素ボンベという余計な重さを背負い込んだほうが不利だと証明することになるのではあるまいな。しかし、オデールを送り返した時点で、決断は下されたのだ。二人が執り行なうべき最後の儀式は、お互いの顔の剝き出しの部分に、くまなく酸化亜鉛を塗ることだった。いよいよ出発となったとき、二人は目を眇《すが》めるようにして、すぐそこにあるように見える頂上を仰いだ。

「くれぐれも油断するな」ジョージは警告した。「彼女は妖婦だ。近づけば近づくほど、誘惑の手管をあれこれと駆使してくる。しかも、今朝は完璧な天候という魔力まで使っておれたちを誘おうとしている。だが、ほかの女と同じく、彼女もまた、気まぐれという特権を持っているからな」時計を見ると、五時七分を指していた。本来なら、もう少し早く出発したかった。「よし、若造」ジョージは言った。「おれの愛する父の言葉を借りるなら、一歩を踏み出すに最高の時間だ」そして、マウスピースを調節して、酸素の供給を開始した。

せめてヒンクスがいまのおれを見ることができればいいのに、とオデールは考えた。第六キャンプまで最後の数フィートを登っているところだった。テントにたどり着いたとたんに両膝をつき、テントの入り口を開けると、そのなかは、樹上小屋《ツリーハウス》で一晩過ごした二人組の子供が出ていったあともかくやといわんばかりの大変な散らかりようだった。食べかけのマカロニが残ったままの皿、鰯《サーディン》の空き缶、きっとジョージが忘れていったに違いないコンパス。オデールは苦笑しながらテントに入り、片付けを始めた。何も忘れものがなかったら、それはジョージのテントではない。

オデールはボヴリルとケンダル・ミント・ケーキを二つ、ジョージの寝袋の上に置いた。そのとき、二通の封筒に気がついた——一通の宛名は、〝ミセス・ジョージ・マロリー、ザ・ホルト、ガダルミング、サリー、イングランド〟となっていた。彼はそれを内ポケットにしまい、自分の名前が走り書きされたほうの封筒を開けた。

親愛なるオデール
立つ鳥あとを濁さずどころか、ひどい散らかしようで大変に申し訳ない。任務には打ってつけの天候だ。岩床を横断するか、あるいは、スカイラインを登っているおれたちを捜しはじめてくれ。
明日会おう。
ジョージ

オデールは微笑し、帰還してくる英雄たちのために、すべてがあるべきところにきちんとあることを確認してから、後ろ向きにテントを出た。そして立ち上がり、両腕を頭上に伸ばして、世界一高い山の頂上を見上げた。天候があまりに完璧なので、思わず二人のあとを追おうかと誘惑に駆られたぐらいだった。いまごろ頂上に迫っているに違いない二人の仲間を、多少なりとも羨ましく思わないわけにはいかなかった。

そのとき、スカイラインを背景に、いきなり二つの姿がシルエットになって現われた。目を凝らしていると、背の高いほうが、もう一人に合流しようと近づいていった。彼らが立っているのはセカンド・ステップ、頂上まで約六百フィートの地点だった。時計を見ると、十二時五十分を指していた。頂上を征服し、最後の一条《ひとすじ》の陽光が消える前に小さなテントへ帰り着く時間は、まだ十分に残っている。

オデールが嬉《うれ》しさのあまり飛び跳ねながら見ていると、二人は大きな足取りで霧の雲のなかに入り、視界から消えた。

アーヴィンはセカンド・ステップに到達するや、ごつごつした岩を何とかよじ登ってジョージに合流した。

「あと六百フィートほどだ」ジョージは高度計を見て告げた。「だが、忘れるなよ。この六百フィートは少なくとも一マイルに匹敵する。酸素なしで登ったノートンは、一時間に百二十五フィートほど進むのがやっとだった。だとしたら、あと三時間はかかる可能性がある」そして、喘ぎながら付け加えた。「つまり、無駄にできる時間は一秒もないということだ。今日の午後、もっと遅い時間にこの壁面を下ることになるが」彼は上を指さした。「そのときに自分の数フィート前方ぐらいは確実に見える状態でいたいからな」

ジョージがマウスピースをくわえ直すと、アーヴィンが親指を立ててみせた。これまでだれも足を踏み入れたことのない稜線に沿って、二人はゆっくりと歩きはじめた。

60

一九二四年　六月八日　日曜　午後二時七分

ジョージがふたたび顔を上げたとき、高度計はまだ三百フィートも登らなくてはならないと告げていたものの、頂上は手を伸ばせば触れられる距離にあるように見えた。予想していたよりはるかに時間はかかっていたが、それでも、息を呑むほど近かった。

二人はセカンド・ステップを征服するや、押したり、引いたり、削ったりしながら、狭い北東稜線をゆっくりと進んでいった。わかっていることだったが、両側の雪は屋根の庇《ひさし》のように左右にせり出して、しかも、その下には空気しかなかった。ほんの数フィートでも足取りが左右にずれたら……。

手招きしているように見える、だれの足跡もついていない新雪は、実は二フィートも積もっていて、一歩前に進むことがほとんど不可能だった。一歩踏み出したとしても、数インチ進んだだけで、その足はまた雪に深く埋もれてしまった。

二百十一歩進んだあと——ジョージは一歩一歩数えていた——ついに雪の吹きだまりから解放されたと思うと、直後に急峻《きゅうしゅん》な壁面が現われた。それに立ち向かうのは夏の朝の三千フィートの高さでも難しい挑戦なのに、全身がびっしょり汗に濡《ぬ》れ、手足がほとんど凍っているいまはなおさらだった。そのうえ、疲れ果てているせいで、横になって眠りたかった。ここが華氏零下四十度で、ある時間じっとしていると凍死するとわかっていても、その欲求は消えなかった。

ジョージは引き返すことまで考えた。そうすれば、日没までに安全なカンヴァスの下に戻れる可能性はまだ十分にある。しかし、それをやったら、最後の最後までできて勝利をつかみ損ねた理由を、死ぬまで説明しつづけることになるだろう。それよりよくないのは、毎晩この最後の三百フィートを登っている夢を見て、その悪夢から冷たい汗に濡れて目を覚ますことだ。

振り返ると、消耗したアーヴィンが片足を雪から引き抜きながら、眼の前に立ちはだかる壁面を信じられないという目で見つめていた。ジョージは一瞬ためらった。自分だけでなく、アーヴィンの命まで危険にさらす権利がおれにあるだろうか。たとえここまできてしまったとしても、この若者を帰して、おれ一人でつづけるべきではないだろうか。あるいは、おれが戻ってくるのを、ここで休みながら待たせるべきではないか？　ジョージはその考えをすぐに消し去った。結局のところアーヴィンは、勝利の成果をおれと分かち合う権利をすでに自力で獲得している。ジョージはマウスピースを外して言った。「あと少しだぞ、オールド・チャップ。この岩が最後の障害物だ。これを越えたら頂上だ」アーヴィンが薄い笑みを浮かべた。

ジョージは長い年月一度も溶けたことのない氷に覆われた、垂直に切り立った崖と向かい合った。そして、どこかに足場はないかと探した。普段なら、約十八インチ――二フィートでもいいかもしれない――のところを最初の足場にするのだが、数インチが山に登ることそのものに等しい今日は、そうはいかなかった。震える手で頭上数インチのところにある張り出した部分をつかむと、ゆっくりと身体《からだ》を引き上げた。もう一方の腕を伸ばしてさらに数インチ上がれるよう、片足を上げて足場を探った。こうやって垂直な壁面をてっぺんまで登るしかないのだ。下るときのことは考えまいとした。理性は引き返せと絶叫していたが、気持ちはつづけろとささやいていた。

四十分後、死にものぐるいで岩のてっぺんによじ登り、アーヴィンが少しでも楽になるよう、ザイルを伸ばしてやった。アーヴィンが何とか合流すると、高度計を確かめた。あと百十二フィート登らなくてはならない。顔を上げると、今度は長い年月のあいだにイースト・フェイスの上にせり出して雪庇《せっぴ》になった、氷の平面が待ちかまえていた。そこは鋭い突起のある蹄《ひづめ》を持った四本足の動物でも、それ以上は前進を阻まれるに決まっていた。

足場を確保しようとしているとき、山の下のほうで稲妻が走り、そのあとで雷鳴が轟《とどろ》いた。いよいよ嵐に巻き込まれるかと覚悟したが、下を見ると、大嵐は二人のはるか眼下で荒れ狂っていることがわかった。たぶん二千フィートは下だろう、おそらくジョージの仲間たちに当たり散らしているに違いなかった。上から嵐を見るのは初めての体験だったが、自分たちが下りていくときにはその嵐が収まり、怒りが収まったあとが往々にしてそうであるように、穏やかで澄んだ空気を残してくれることを願うしかなかった。

ジョージはふたたび登山靴を履いた足を持ち上げ、氷に多少なりと足がかりを作ろうとした。とたんに表面が割れて、傾斜に沿って踵《かかと》がずり落ちた。思わず笑ってしまいそうになった。これが最悪でなかったら、何が最悪なんだ？　目の前の氷にピッケルを突き立てようとしたが、今度は簡単には突き刺さらず、ようやくそうなった瞬間、その穴に足を置いた。それでも、踵はまだ後ろへ数インチ滑っていった。一歩後退二歩前進という言葉を思い出しても、笑う気になれなかった。いまや一フィート進んで六インチ後退で満足しなくてはならなくなっていた。そういう形で十二歩進むと、狭い稜線がさらに狭くなり、ついには四つん這いになって進むしかなくなった。両側は数百フィートもある急な下り斜面だとわかっていたから、右も左も見なかった。周囲のすべてを無視し、上だけを見て戦いつづけた。一ヤード前進、半ヤード後退を繰り返した。肉体はいったいどこまで耐えられるのか？　そのとき不意に、足元がしっかりと堅い岩になったような感触があり、氷の床を登り切って、岩がちの粗い地面に立つことができた。頂上まではわずか五十フィートか六十フィートしかなかった。アーヴィンを見ると、疲労困憊して、いまも四つん這いになっていた。

「あとたったの五十フィートだ」ジョージは叫び、二人を結んでいたザイルをほどいた。互いがおのおの自由な足取りで進めるようにするためだった。

それから二十分後、ジョージ・リー・マロリーはエヴェレストの頂上に片手――正確には右手――をかけた。そして、ゆっくりと身体を引き上げ、腹這いになった。「勝利の瞬間とはほど遠いな」というのが、最初に頭に浮かんだ思いだった。何とか膝立ちになり、それから、非常な努力をして何とか両足で立った。これで、地球のてっぺんに立った最初の男になった。

彼はヒマラヤを見渡した。これまでだれも見たことのない、驚嘆すべき景色だった。飛び跳ねたいほどうれしかったし、声を限りに勝利の雄叫《おたけ》びを上げたかったが、そんなエネルギーもなく、そもそも息がつづかなかった。その代わりに、ゆっくりと円を描いた。全方位から吹きつける肌を刺す強風のせいで、それ以上速くは身体を動かせないように思われたのだ。彼の周囲に誇り高く聳えていた、いまだ征服されていない無数の山が、自分たちの王の登場を頭を垂《こうべ》れて迎えていた。

突飛な思いが頭をよぎった――エヴェレストの頂上は自分たちのダイニングルームのテーブルと同じぐらいの広さだと、クレアに教えてやるのを忘れないようにしなくては。

時計を見ると、午後三時三十六分だった。第六キャンプの小さなテントへ戻る時間はたっぷりあると自分を納得させようとした。今日のような、風のない晴れた夜であればなおさらだ。

振り返って下を見ると、アーヴィンがやってきているのがわかった。しかし、足取りはカタツムリのように遅く、最後の一歩でしくじるのではないかと、ジョージは気が気でなかった。やがて、まだよちよち歩きもできない子供のように、アーヴィンが頂上に這い上がった。

ジョージは手を貸して彼を立たせてやると、探しているものを忘れてきていないことを祈りながら、シャックルトン・スモックのポケットをまさぐった。寒さで指がひどくかじかんでいるせいで、危うく小型《ヴエスト・ポケツト》カメラを取り落としそうになった。ジョージは体勢を確保すると、ボートの競争に勝ったときのように両腕を頭上にかざしてポーズを取る、アーヴィンの写真を撮ってやった。そして、そのコダックのカメラをアーヴィンに渡し、ウエールズの丘陵地帯を踏破したばかりのように見せようとしている、自分の写真を撮らせた。

ジョージはふたたび時計を見て今度は眉をひそめ、断固として下を指さした。アーヴィンがズボンのポケットにカメラをしまい、ボタンを留めて、エヴェレスト征服の証拠をしっかりと確保した。

下山の最初の一歩を踏み出そうとしたとき、ジョージはルースとの約束を思い出し、氷にまみれた手で紙入れをぎこちなく取り出すと、どの旅のときも肌身離さず持っていたセピア色の写真を抜き取った。そして、妻に笑顔で最後の一瞥をくれると、彼女の写真を地球の一番の高みに置いた。そのあと、彼はふたたびポケットのなかを掻き回した。

「イギリス国王からの挨拶を申し述べます、マダム」ジョージは頭を垂れていった。「国王は自らの卑《いや》しい民を無事に故国へお返しいただけるよう希《のぞ》んでおります」

ジョージは微笑したが、とたんに悪態をついた。

ジェフリー・ヤングから預かったソヴリン貨を持ってくるのを忘れていた。

61

一九二四年　六月八日　日曜　午後五時四十九分

オデールは第四キャンプへ帰り着くと、興奮を露わにしてノートンのテントに入り、自分が何を目撃したかを話して聞かせた。

「頂上まで約六百フィートだって？」ノートンがまだ仰向けになったまま訊き返した。

「そうだ」オデールは答えた。「それは間違いない。おれが目撃したときには、二人はセカンド・ステップにいて、一方が一方に合流してから、力強く頂上へ向かっていったんだ」

「それなら、二人を止めるものはもう何もないはずだ」温め直した布をノートンのまぶたに置きながら、ブーロックが言った。

「そうだといいな」ソマーヴェルが言った。「それでも、オデールの記憶が新しいうちに、目撃したことをすべて詳しく書き留めてもらうほうがいいと思うんだ。この遠征の歴史が書かれるときに、それが重要な意味を持つかもしれないからな」

オデールが自分のリュックサックのところへ這っていき、日記を取り出した。そしてテントの隅に坐り、それから二十分、今朝自分が目撃したことを逐一書き出していった――二人を目撃した正確な場所、そこから二人が登山を再開した時間、霧のなかへ姿が消えたとき、二人はまったく元気そうに見えたこと。書き終えると、オデールは時計を見た。午後六時五十八分。ジョージとアーヴィンは頂上に立ち、そのあと、無事に第六キャンプのテントに下りただろうか？

アーヴィンとザイルでつながってエヴェレストの頂上から下りようとしたときにジョージが最初に考えたのは、いつまで酸素がもってくれるだろうかということだった。アーヴィンは八時間かからなければ大丈夫だと楽観していたが、そのデッドラインが近づいていることは間違いないだろう。その次に考えたのは、日没まで何時間残っているかだった。なぜなら、それればかりはヴァルヴを調節してどうにかできるものではないからだ。結局、晴れた夜であってくれるのを願うしかなかった。そうであれば、テントにたどり着く最後の一歩まで月が付き添ってくれる。

ジョージは驚きとともに気づいたのだが、頂上を極めたとたんに、興奮のあまり体力を消耗し尽くして、いまは、生き延びるという意志だけが残っていた。

わずか五十フィート下っただけで、腰を下ろして休みたくなった。しかし、疲れ果て、苦痛に苛まれるこの身体では、一瞬でも目をつむったら永久にそのままになってしまうとわかっていた。

ジョージはひび割れた表面にピッケルを打ち込み、後ろへ一歩下がった。とたんにザイルが引っ張られるのがわかった。下山のほうが難しいことは身にしみてわかったが、アーヴィンのほうがもっと身にしみている――そんなことがあり得るとすればだが――に違いない。くるときよりもっと当てにならなくなっているかもしれない凍った斜面に、試しに左足を置いてみた。登るときについた手と足の跡を利用しようとしたが、それらはすでに凍ってしまっていた。体勢を崩して何度か後ろへ倒れそうになったけれども、それでも何とか進みつづけて、岩がちのごつごつした地面にようやく無事にたどり着いた。しかし、そこもまた急峻な、今度は下を見るしかない、凍った斜面の上にあるとわかっただけだった。ここが最も危険な部分だろうと考え、おそらくアーヴィンは自分より状態が悪いとさえ言えるかもしれないと判断した。どちらかがほんの些細なミスを犯しただけで、ともに滑落死する運命にあるのは間違いない。振り返って微笑して見せたが、アーヴィンは初めて、あのにやりとした笑みを返さなかった。

岩のてっぺんを両手で確保し、ゆっくりと、数インチずつ身体を降ろしながら、足場になりそうなわずかなくぼみを探した。爪先が足がかりを探り当てると、すぐにもう一方の足を下ろした。そのとき、ザイルが不意にゆるんだ。見上げると、アーヴィンが凍った張り出し部分を握り損ね、のけぞるように墜落しはじめて、あっという間に脇を落ちていった。

凍った垂直な壁面にしがみついているのは無理だと、ジョージもわかっていた。ザイルでつながった、身長六フィート二インチ、体重十六ストーン（一ストーンは六・三五キロ）の男が宙を落下しているのだ。直後、ジョージも岩から引きはがされた。死について考える暇さえなく、ひたすらアーヴィンのあとを追いつづけた……。

直後、二人は深さ二フィートの雪の上に落下した。上るときはあれほど自分たちを苦しめてくれた雪が、いまはクッションの役目をして命を救ってくれた。ジョージもアーヴィンも驚愕《きょうがく》のあまり束の間言葉を失ったが、やがて二人とも、まるで木から落ちてクリスマスの雪に埋もれた、いたずらな小学生のように笑い出した。

ジョージはゆっくりと手足を調べたあと、よろよろと立ち上がった。うれしいことに、アーヴィンはすでに立っていた。二人は互いの腕のなかに倒れ込み、ジョージが若いパートナーの背中を叩きはじめた。彼はようやくアーヴィンを解放すると、親指を立てて見せてから、ふたたび下山を開始した。

もう自分を止めるものは何もないぞ、とジョージは思いを定めた。

62

一九二四年　六月九日　月曜

翌朝五時に起き出したとき、まずオデールの目に入ったのは、ノエルがちょっとした平坦な尾根に、カメラの三脚を据えつけている姿だった。巨大なレンズが第六キャンプを狙って、ほんのわずかな生《せい》の印をフィルムに収めようと身構えていた。間もなく、ノートンがテントを出て、二人のところへやってきた。

「おはよう、オデール」元気のいい声だった。「白状すると、おまえの姿はまだぼんやり見えているに過ぎないが、少なくともおまえとノエルの区別はつくぞ。ほんのちょっとだけどな」

「それはいい知らせだ」ノエルが言った。「もう間もなく、ジョージとサンディがスカイラインの上に姿を現わすかもしれないからな」

「そいつはどうかな」ノートンが言った。「ジョージが早起きだったためしは一遍だってないし、若いアーヴィンはまだ熟睡しているんじゃないか？」

「これ以上何もしないで待っているなんて、おれにはもう無理だ」オデールは言った。「あいつらのところまで登って朝食を作ってやり、勝利の帰還に付き添って戻ってくるとしよう」

「それなら頼まれてくれないか、オールド・マン」ノエルが言った。「あそこへ着いたら、やってもらいたいことがある」オデールは振り返った。「ジョージとアーヴィンの寝袋をテントから引っ張り出して、雪の上に二つ並べてもらえないだろうか。それを登頂成功の合図にしたい」

「失敗していたらどうするんだ？」オデールは一拍置いてつづけた。「それどころか、もっと悪い結果だったら？」

「そのときは、×の形に置いてくれ」ノエルが低い声で言った。

オデールはうなずき、リュックサックを背負うと、第六キャンプへ向かって登りはじめた。この三日で二度目だったが、今回は時間の経過とともに天候が悪化しつつあった。しばらくすると、鞭《むち》をふるいながら峡谷を吹き下ってくる、容赦ない風と戦うことになった。数時間のうちにモンスーンがやってくるという、明白な警告だった。オデールはどうにも落ち着かない気持ちで上を見上げつづけ、凱旋下山してくる二人の仲間が見えないかと目を凝らした。

第六キャンプに徐々に近づくにつれて、二人に何かあったかもしれないという悲観的な考えを頭から追い払おうとした。しかし、ようやく見えた小さなテントは積もった新雪に覆われ、だれかがそこにいることを示す足跡もなく、緑のカンヴァスが風に嬲《なぶ》られていた。

オデールは足取りを速めようとしたが、無駄だった。重たい登山靴が新雪にますます深くめり込むだけで、最後には水のなかを歩いているような気がした。ついに諦めて両膝をつき、最後の数フィートは、テントへ向かって這っていった。そしてテントに首を突っ込み、そこが散らかっていることを願いながらゴーグルを外した。あるいは、疲れ切った二人の男がここで眠っていることを願った。実を言うと、それが希望的に過ぎる思いだとわかっていたが、それでも、自分の目で見たときには信じられなかった。これからの長い年月、それはまるで静物画を見ているようだったと友人たちに語りつづけることになるだろう。寝袋は使われた形跡がなく、ボヴリルの容器の蓋も、二本のケンダル・ミント・ケーキの包みも開けられておらず、その横のろうそくも、ふたたび火がつけられた様子がなかった。

オデールはふたたびゴーグルを外すと、後ろ向きにテントを出た。膝立ちになって山の頂を見上げたが、目の前わずか数フィートしか視界がきかなかった。彼は声を限りに絶叫した。「ジョージ！　サンディ！」しかし、吹きすさぶ風と横殴りの雪のせいで、その声はどこにも届かなかった。それでも叫びつづけたが、ついには悲しげなささやきのようになってしまい、風の吼える音に負けて、自分にもほとんど聞こえなくなった。ついには自分の命が危ないと諦めてテントへ引き返すと、仕方なく一方の寝袋を引きずり出し、山の脇に置いた。


「だれかが寝袋を一つ引きずり出してるぞ」ノエルが知らせた。

「メッセージはどっちだ？　吉か凶か？」

「まだわからん。いま、もう一つ引きずり出されている」

ノエルが、動いているだれかに焦点を合わせた。

「ジョージか？」ノートンが吹きつける雪をさえぎろうと目の上に手をかざしながら、祈るように山を見上げて大声で訊いた。ノエルは答えず、うなだれただけだった。

ソマーヴェルが可能な限り速いすり足で尾根を突っ切り、ノエルと交代してカメラの前に位置を占めると、ファインダーを覗いた。

×の印がレンズ一杯に写っていた。

エピローグ

彼はあらゆる災厄に対して勇敢な男だった。

一九二二年の遠征のあとイギリスへ戻ったときに受けた歓迎のされ方にジョージ・リー・マロリーが驚いたとすれば、今回、彼に敬意を表してセント・ポール大聖堂で執り行なわれた追悼式典を見たら、驚くどころではすまなかっただろう。遺体も、棺《ひつぎ》も、墓もないのに、何千もの一般市民がイギリスじゅうからはるばるやってきて、通りに長い弔問の列を作ったのだから。

彼を永遠に主に従わせたまえ。

国王、皇太子《プリンス・オヴ・ウエールズ》、コノート公爵《こうしやく》アーサー王子が列席し、ラムゼイ・マクドナルド首相、元外務大臣のカーゾン卿、ロンドン市長、バーケンヘッド市長も参列していた。

　彼は落胆しても挫ける男ではない。

　ブルース将軍が大聖堂の東端に立ち、ノートン陸軍中佐、ドクター・ソマーヴェル、オデール教授、ブーロック陸軍少佐、モーズヘッド陸軍少佐、ノエル陸軍大尉、そして、ジェフリー・ヤングが一列に並んで儀仗兵《ぎじょうへい》となった。そして、全員が銀のピッケルを右腕にかい込んで、セント・ポール大聖堂主席司祭につづいて身廊《ネイヴ》を下り、立錐《りっすい》の余地もない信徒席を通り過ぎて最前列に出ると、王立地理学会を代表して参列しているサー・フランシス・ヤングハズバンド、ミスター・ヒンクス、ミスター・レイバーン、そして、アッシュクロフト海軍中佐の隣りに位置を占めた。

　彼が最初に公にした望みは、巡礼になることだった。

　説教壇に立ったチェスター主教は満員の会衆に向かい、昇天日に世界じゅうの想像力をかき立てさせた、バーケンヘッド出身の二人に対する人々の愛と尊敬の気持ちを表現しようとすることで、死者に対する頌徳《しょうとく》の言葉を始めた。

「あの偉大な山の頂上に二人がともにたどり着いたかどうかは」彼は口を開いた。「決してわからないでしょう。しかし、その勝利が手の届くところにあったなら、ジョージ・マロリーは可能性のいかんにかかわらず確かに戦いつづけたでしょうし、若きサンディ・アーヴィンは世界の果てまでも彼に従ったのではないでしょうか」

通路の反対側の最前列に坐っているルース・マロリーは、夫が決して引き返さなかったことを、これっぽっちも疑っていなかった。あの人なら、途方もない自分の夢を成就する可能性がほんのわずかでもあれば、それに向かって進まないはずがない。ハーバート・リー・マロリー牧師も、隣りに坐っている息子の妻と同じことを考えていた。娘を挟んでマロリー牧師の反対側に坐っているヒュー・サッカレー・ターナーは、死ぬまで何も言わないつもりだった。

つまらない物語で彼を悩ませるのはだれか。

セント・ポール大聖堂主席司祭が祝福を与え、主だった参列者が帰ってしまったあと、ルースは北側の入り口に独り立って、友だちや有志と握手をした。その大半が、この勇敢で雄々しい紳士が自分たちの生活をどんなに豊かにしてくれたかを話してくれた。
自分に声をかけようと列に並んでいるジョージ・フィンチの姿を見つけて、ルースは微笑した。彼はダーク・グレイのスーツを着ていたが、シャツと黒いネクタイは生まれて初めて身につけたかのように見えた。フィンチは頭を下げたまま握手をし、ルースは身を乗り出すようにして耳元でささやいた。「あなたがジョージと一緒に登ってくれていたら、夫はいまもまだ生きていたかもしれないわね」
遠征に参加するよう求められていれば、おれとマロリーは必ず一緒に頂上にたどり着いたし、何よりも、無事にここへ戻ってきている——フィンチはずいぶん前からそう思っていたが、いま口にすることはしなかった。だが、もし何か問題が生じたら、ジョージはおれのアドヴァイスを無視し、おれを一人で引き返させて、自分一人でアタックを続行していたかもしれない。

その者は消耗してはならない。それは彼をさらに強くすることだ。

まだたくさんの人々が弔問を待っていたが、ルースの父親はそろそろ娘を家に連れて帰る潮時だと感じた。

ガダルミングへ戻る車のなかで、二人のあいだに会話はほとんどなかった。ルースはこれまでに愛したたった一人の男性を失ったばかりだったし、父親のほうは、義理の息子の葬儀に参列することになるとは夢にも思っていなかったのだ。ザ・ホルトの門をくぐったとき、ルースは父親の優しさと理解に礼を言い、しかし、独りにしてくれないかと頼んだ。独りで悲しみたいのだ、と。父親は仕方なく娘と別れ、ウェストブルックへ帰っていった。

　彼の力を前に踏みとどまれる敵は、それが巨人であっても、一人もいないだろう。

　玄関を開けたとき、ルースの目に最初に飛び込んできたのは、マットの上に落ちている一通の封筒だった。拾い上げてみると、紛れもないジョージの手でここの住所を記してあり、彼女はそれが夫からの最後の手紙だと知って辛《つら》さが増した。客間へ行き、ジョージが〝本物のウィスキー〟と呼んでいたものをグラスに注ぐと、窓際のウィング・チェアに腰を下ろした。なぜか、いまもジョージがあの門をくぐって帰ってきて、自分を抱きしめてくれるような気がした。

　彼は巡礼となるべき十分な権利を得るだろう。

ルースは封を切って手紙を取り出し、夫の最後の手紙を読みはじめた。

一九二四年　六月七日

マイ・ダーリン

ぼくはいま、海抜二万七千三百フィート、故国から五千マイル近く離れた小さなテントにいて、栄光の径を求めている。たとえそれが見つかっても、その瞬間をきみと分かち合えなければ、無に等しい。

きみがいなければぼくは取るに足りないものだということを発見するためなら、地球を半周もする必要はなかったはずだ。なぜなら、多くのもっと不運な男どもが羨望を目に宿して、幾度となくそれを思い出させてくれたからだ。でも、そいつらは半分もわかっちゃいない。だれでもいいからそういうやつに、何を犠牲にして、一目惚《ひとめぼ》れした最初の瞬間の情熱を終生変わることなく持ちつづけるか訊いてみるといい。たぶん、死ぬまでどころか、その半分がいいところだという答えが返ってくるだろう。そんな女性がいるはずがないからってね。だが、そいつは間違っている。ぼくはそういう女性を見つけたし、彼女に代わる女性も出てこないだろう。いまぼくの頭上で眠っているこの氷の乙女をもってしても、それは無理というものだ。

なかには何人の女性を知っているかを自慢する男もいるが、実を言うと、ぼくは一人しか知らないんだ。何しろ、初めて見た瞬間にきみを愛してしまったからね。寝ても覚めても、ぼくの頭にはきみのことしかない。

これでもまだ十分でないというなら、ぼくはいまも自分の幸運に驚いているよ。だって、三度も祝福されているんだからね。

一度目は、きみがぼくの妻になって、一生をともにすることに合意してくれた日だ。あの晩、きみはぼくの恋人になり、以来、親友にもなってくれた。

二度目は、きみが自分を犠牲にして、ぼくの途方もない夢を叶えるべきだと背中を押してくれたときだ。ぼくが夢物語にうつつを抜かすのを常に許してくれながら、その一方で、きみは知恵と常識を駆使し、しっかりと現実を見据えてくれている。

三度目は、きみがすてきな家族を与えてくれたことだ。あの子たちはぼくの人生に終わりのない歓びをもたらしてくれつづけているよ。毎日十分な時間家にいて、あの子たちが笑ったり泣いたりするのを見られないのが残念だ。幼い時代は短いのに、その大半の時間をわざわざ一緒にいられないようにするなんて、ぼくはしばしば後悔している。

クレアはぼくのあとを追ってケンブリッジ大学へ行くはずだ。まだあそこの試験を受けていない連中より頭がいいのはわかっているし、試験を受けた暁には、ぼくが失敗したところも必ず成功するだろう。ベリッジはきみの優雅さと美しさを引き継いで、ぼくの頭のなかでは、日々きみにそっくりになっていきつつある。女性として花開いたときには、大勢の男が彼女の手を取ろうとお辞儀をするんだろうな。だが、ぼくに言わせれば、ベリッジにふさわしい男なんか一人だっていてたまるもんか。それから、幼いジョンのことだけど、学校での彼の最初の通知表を見るのが待ちきれないし、彼が出場するフットボールの試合を見たくて仕方がないし、彼が最初の災厄だと思うものに直面したとき、そばにいてやりたくてたまらない。

マイ・ダーリン、もっともっと書きたいことは山ほどあるんだが、手のかじかみがひどくなってきたし、ちらちら瞬きはじめたろうそくが、まだ明日やるべきことが残っているのを思い出させてくれている。それをやり遂げたら、きみの写真を地球で一番高い地点に置いてくるつもりだ。そうすることで、この悪魔を永久に追い払い、ぼくは唯一愛している女性のところへついに帰れるかもしれないからね。

ザ・ホルトにいるきみの姿が目に見えるようだよ。窓際のウィング・チェアに坐り、この手紙を読みながら、笑顔でページをめくっている。顔を上げて見てごらんよ、マイ・ダーリン。いつぼくが勢いよくあの門をくぐって、小径をきみのほうへ歩いていても不思議はないんだぞ。もしぼくの姿が見えたら、すぐに椅子《いす》から飛び出して、迎えに走ってきてくれ。そうすれば、両腕できみを抱きしめ、二度ときみのそばを離れないようにできるだろ？

自分の命よりきみのほうが大事だと気づくのにこんなにかかってしまって申し訳ない。どうか許してくれ。

きみの愛する夫
ジョージ

ルース・マロリーは残りの人生を、毎日同じ時間に窓際のウィング・チェアに坐って、夫の手紙を読み返して過ごした。

ジョージがあの門をくぐって、自分のほうへ勢いよく小径を歩いてくる姿を見ない日は一日もなかったと、彼女は死の床で子供たちに語った。

一九二四年以降

＊ジョージ・リー・マロリー

ジョージの遺体は一九九九年五月一日、二万六千七百六十フィートの地点で発見された。紙入れに妻のルースの写真はなく、カメラもどこにも見当たらなかった。彼がエヴェレストを征服した最初の人類かどうかについては、今日まで登山家のあいだで意見が分かれている。彼にその能力があったことを疑う者はほとんどいない。

＊サンディ・アーヴィン

アーヴィンの死がタイムズに発表されたとき、三人の女性が婚約者を名乗って現われた。彼の遺体を捜索するために何度か遠征が行なわれたが、発見には至らなかった。しかし一九七五年、中国人登山家の王洪宝が仲間に、イギリス人と思われる凍死体と、二万七千二百三十フィートの狭い小峡谷で遭遇したと語った。その五日後、さらに詳しい質問をする前に、王洪宝は雪崩で落命した。

＊ルース・マロリー
ジョージの死後、ルースと子供たちはサリーにとどまり、彼女は終生そこで暮らして、一九四二年、五十歳のときに乳癌《にゆうがん》で世を去った。

＊サー・トラフォード・リー・マロリー空軍大尉　バス二等勲爵士《くんしやくし》
マロリーの弟のトラフォードは一九四四年十一月、乗機がアルプスに墜落して落命した。太平洋での連合軍合同航空作戦を指揮するために現地へ向かう途中で、墜落時には彼が操縦桿《かん》を握っていたのではないかとも考えられている。死んだとき、トラフォードは五十二歳だった。

＊アーサー・C・ベンソン
マロリーの指導教官は一九一五年にケンブリッジ大学モードリン・カレッジの学寮長になり、一九二五年までその地位にとどまった。ケンブリッジ大学でのマロリー追悼式のために感動的な弔辞を書いたが、自身は身体の具合が悪く、それを読むことができなかった。

彼はまた、イギリスの愛国歌「希望と栄光の国《ランド・オヴ・ホープ・アンド・グローリイ》」の作詞者として、だれよりも記憶されている。

ベンソンは一九二五年、六十三歳で世を去った。

〈登山家〉

＊ブルース総領事　陸軍准将《じゅんしょう》　バス三等勲爵士　ヴィクトリア四等勲爵士

ガリポリの戦闘で重傷を負ったにもかかわらず、ブルースは一九二〇年まで北東部戦線で自分の連隊を指揮した。

彼は一九二三年から二五年までアルパイン・クラブの会長をつとめ、一九三一年に王立グルカ射撃連隊第五大隊の名誉大佐に任命された。

ブルースは一九三九年、七十三歳で世を去った。

＊ジェフリー・ヤング　文学博士　王立文学協会特別会員

一九二五年にロックフェラー財団の顧問に指名される。一九三二年にロンドン大学の教育学准教授、一九四〇年から四三年までアルパイン・クラブ会長を務める。一九二八年、義足であるにもかかわらず、五十二歳でマッターホルン（一万四千六百八十六フィート）

に登頂、一九三五年、五十九歳の時には、ツィナール・ロートホルン（一万一千二百四フィート）に登頂した。

ヤングは一九五八年、八十二歳で世を去った。

＊ジョージ・フィンチ　王立協会特別会員　大英帝国五等勲爵士
一九三八年に王立協会特別会員に指名され、一九五九年から六一年までアルパイン・クラブ会長を務める。一九三一年に三人の友人がアルプスで落命し、以降、二度と登山をしなかった。

フィンチは一九七〇年、八十二歳で世を去った。

彼の息子のピーター・フィンチは俳優になり、映画「ネットワーク」で一九七六年のアカデミー賞主演男優賞を獲得したが、それを知る前に死んでしまった。

＊サー・エドワード・ノートン陸軍中将　大英帝国二等勲爵士　殊勲章　戦功十字章
職業軍人としてのキャリアを積みつづけ、国王ジョージ六世の副官になったあと、香港《ホンコン》の軍政府総督に任命される。一九二六年、王立地理学会創設者章を授けられる。

一九五三年にサー・エドマンド・ヒラリーとシェルパのテンジンがエヴェレストを征服

するまで、彼の持つ二万八千百二十五フィートは人間が登った高さの世界記録だった。ノートンは一九五四年、七十歳で世を去った。

＊T・ハワード・ソマーヴェル　大英帝国四等勲爵士　文学修士　医学士　外科医学士　王立外科医協会特別会員

南インドのトラヴァンコールの伝道病院に医師として勤め、そこで十二指腸潰瘍の世界的権威の一人になった。一九五六年に退職したあと、イギリスへ戻り、一九六二年から六五年までアルパイン・クラブの会長をつとめた。

ソマーヴェルは一九七五年、湖水地方での散歩のあと、八十五歳で世を去った。

＊ノエル・オデール教授

エヴェレスト委員会は、一九三六年のエヴェレスト遠征のメンバーに加えてほしいという彼の申請を、五十一歳という年齢を理由に却下した。しかし、彼は同年、その時点で人間が征服している最も高い山、ナンダ・デヴィ（二万五千六百四十五フィート）に登頂した。一九三六年の遠征隊には、二万四千フィートまで登った者も一人もいなかった。

オデールはハーヴァード大学とマクギル大学で教授としての地位を得たまま、地質学者としての職業人生を全うした。彼はケンブリッジに引退し、そこで、クレア・カレッジの名誉校友になった。

オデールは一九八一年、九十六歳で世を去った。

＊ヘンリー・モーズヘッド陸軍中佐　殊勲章

一九二四年のエヴェレスト遠征から戻ったあと、モーズヘッドは右手の三本の指の先端を失った。一九二六年、検査官としてインドへ戻った。一九三一年のある夕刻、ビルマで馬の遠乗りをしているとき、彼の妹の恋人に射殺された。

殺されたとき、モーズヘッドは四十九歳だった。

＊ジョン・ノエル大尉

職業写真家及び映画制作者としてのキャリアを積みつづけた。彼の作った〝エヴェレス《ジ・エピック・オ》トの叙事詩《ヴ・エヴェレスト》〟は、イギリスとアメリカで百万人を動員した。彼のライフワークは国立フィルム保管所に保存されている。

ノエルは一九八七年、九十九歳で世を去った。

〈王立地理学会〉

＊サー・フランシス・ヤングハズバンド　インドの星二等勲爵士　インド帝国二等勲爵士

一九三四年までエヴェレスト委員会の委員長をつとめた。一九二五年に著した『エヴェレスト山の叙事詩《ジ・エピック・オヴ・マウント・エヴェレスト》』がベストセラーになり、その収益は王立地理学会に全額寄付された。一九三六年、彼は世界宗派会議《ワールド・コングレス・オヴ・フエイス》を設立した。

ヤングハズバンドは一九四二年、七十九歳で世を去った。

＊アーサー・ヒンクス　王立協会特別会員　大英帝国三等勲爵士

一九一二年、ヒンクスは王立天文学会金賞を受け、翌一三年には王立協会特別会員に選出された。一九二〇年には長年の登山への貢献が認められて大英帝国三等勲爵士を、一九三八年には王立地理学会ヴィクトリア章を授けられ、一九三九年までエヴェレスト委員会事務局長にとどまった。

ヒンクスは一九四五年、七十二歳で世を去った。

〈マロリーの友人〉

＊ガイ・ブーロック

一九三八年、エクアドル駐在イギリス弁理公使に任じられた。一九四四年には総領事として、仏領赤道アフリカ・コンゴ州（現在のコンゴ共和国）の首都ブラザヴィルへ派遣された。

ブーロックは一九五六年、六十九歳で世を去った。

＊メアリー・アン・〝コティ〟・サンダース

父親が破産を宣言したあと、コティはウールワースの販売員助手として働いた。後にアン・ブリッジのペン・ネームでベストセラー作家になった。彼女の小説に登場する主人公の何人かは、多少は脚色が加えてあるものの、ジョージ・マロリーによく似ていると言わざるを得ない。彼女は外交官のサー・オーウェン・オマリーと結婚し、そのあともマロリー一家の親友でありつづけた。

コティは一九七四年に、八十六歳で世を去った。

〈マロリーの両親〉

＊ハーバート・リー・マロリー牧師　文学修士

一九三一年、ジョージの父はチェスター大聖堂主教座聖堂参事会員になった。彼は一九四三年、八十七歳で世を去った。

*ミセス・アニー・マロリー

アニーは夫、二人の息子とその妻よりも長生きをし、一九四六年に八十三歳で世を去った。

〈マロリーの姉と妹〉

*メアリー

ミセス・ラルフ・ブルックとして、一九八三年、九十八歳で世を去った。

*アヴィ

ミセス・ハリー・ロングリッジとして、一九八九年、百二歳で世を去った。

〈マロリーの子孫〉

*クレア

ケンブリッジ大学を第一級優等学位で卒業し、アメリカ人科学者のグレン・ミリカンと結婚した。二人はカリフォルニアに住んで、三人の息子がいた。クレアの夫は一九四七年、テネシーで登山中の事故で死んだ。クレアは母と同じく一人残されて、三人の子供を育て上げた。

クレアは二〇〇一年、八十五歳で世を去った。

＊ベリッジ
彼女は医師になり、コロンビア大学の英語の教授であり、『ジョージ・マロリー』の著者でもある、デイヴィッド・ロバートソンと結婚した。二人のあいだには娘が二人と息子が一人いた。ベリッジは母と同じく乳癌を患《わずら》った。

彼女は一九五三年、三十六歳で世を去った。

＊ジョン
彼は南アフリカへ移住し、そこで水道技師の職についている。結婚して、五人の子供がいる。一人の名前はジョージ・リー・マロリー二世である。

＊ジョージ・リー・マロリー二世

マロリーの孫は水道技師として、オーストラリアのヴィクトリア州で、水道計画の仕事に従事している。

一九九五年五月十四日、午前五時三十分、ジョージ・リー・マロリー二世はラミネートした祖父と祖母――ジョージとルース――の写真を、エヴェレストの頂上に置いた。マロリー二世自身の言葉を借りるなら、彼は〝やりかけのままになっていたささやかな一家の事業を完成させようとしてい〟る。

訳者あとがき

ジェフリー・アーチャー『遥かなる未踏峰（原題：*Paths of Glory*）』をお届けします。

この作品は伝説の登山家、ジョージ・マロリーを主人公に据え、実話に基づいて描かれた伝記小説でもあり、エヴェレスト登頂を目指すイギリス山岳会の努力を描く山岳小説でもあり、はたまた夫婦の愛、家族の愛を描く小説でもあります。

本作はもともとイギリス本国で二〇〇九年に刊行され、わが国では二〇一一年に新潮文庫から翻訳出版されていますが、今回、マロリーの没後百年ということもあり、ハーパーBOOKSでふたたび陽の目を見ることになりました。

著者のアーチャーはインタヴューのなかで自身の作品で特に気に入っているものはあるかと訊かれ、この作品についてこう言っています――〝私個人のお気に入りを挙げるとすると、たぶん『遥かなる未踏峰』になると思います〟。本作のような小説を書くのは初めてで、とても困難で挑戦の甲斐のある作業であり、印象に残っているし、誇りに思ってもいるとのことでした。
蛇足ながら、訳者も本作が気に入っている一人です。もとより、アーチャーは長編も短編もそれぞれに特徴的で読みごたえがあるのは間違いのないところですが、本作はそれらとは確かに毛色が違い、アーチャーらしからぬと言っては失礼かもしれませんが、しっとり落ち着いた雰囲気を醸しています。

本作の主人公のジョージ・ハーバート・リー・マロリーは一八八六年、聖職者の長男としてイギリスのチェシャーで生まれました。幼いころから高いところに登るのが好きだったらしく、ウィンチェスター・カレッジでは登山の師となるロバート・アーヴィングと出会ってイギリスのみならずヨーロッパの山々を制覇すると、ケンブリッジ大学では名門ケンブリッジ大学山岳クラブに所属し、後に第一次、第二次、第三次とつづいたエヴェレスト遠征隊のメンバーに選抜されて、第三次遠征隊では登攀隊長を務めます。そして、サンディ・アーヴィングを伴ってエヴェレストへの最終アタックを敢行し、未帰還という結果を招くことになります。それが一九二四年六月六日、それから七十五年後の一九九九年五月一日に遺体が発見されてマロリーと特定されますが、登頂した証拠は見つからず、登頂できなかった証拠もないために、成功したのか失敗に終わったのか、現在も確たる結論は出ていません。アーチャーがこの作品でどちら側に立っているかは、読んでのお楽しみということにさせてください。

　また、この作品では、特に後半、遠征で留守にしているあいだの妻のルースとの手紙のやりとりが濃密に描かれて、二人のあいだの愛の強さ、家族への愛の深さが明らかになります。そして、葬儀のあと、ルースが独りウィング・チェアに沈んで夫を思い、静かに悲しみに暮れる姿、残りの人生を、毎日同じ時間に同じ窓際のウィング・チェアに坐って、夫の手紙を読み返して過ごしたというくだりは、感動的でさえあります。


　蛇足をもう一つ。

「あなたはなぜ山に登るのか」と訊かれて、「そこに山があるからだ」とマロリーが答えたという話はわが国では有名ですが、実はそれは間違いで、本当は「なぜエヴェレストに登りたかったのか？」と訊かれて、「そこにエヴェレストがあるからだ」と答えたというのが事実のようです。彼にとって、山とはエヴェレスト以外になく、その憧れのエヴェレストと三度戦い、勝ち負けはともかくとして、そこで人生を終えられたのは本望なのかもしれません。

　著者のジェフリー・アーチャーは一九四〇年生まれですから、今年八十四歳になるわけですが、筆力も構想力も衰えを見せるどころか、ますます旺盛なように見受けられます。すでに警察官の主人公が活躍する〈ウィリアム・ウォーウィック〉シリーズの第五作 *Next in Line*（わが国では、この秋ごろに、本ハーパーBOOKSでお目見えするはずです）、第六作 *Traitors Gate* を上梓《じょうし》し、九月には第七作 *An Eye for Eye* が刊行される予定です。このシリーズは、著者の予定ではウィリアムがロンドン警視庁警視総監になるまでつづくことになっていますが、果たしてそれはいつのことになるのか、あと一作か二作でそうなるのか、もっとつづくのか、いい意味で気になるところではあります。

二〇二四年三月

戸田裕之

＊本書は、二〇一一年一月に新潮社より刊行された
『遥かなる未踏峰』を再編集したものです。

訳者紹介　戸田裕之

1954年島根県生まれ。早稲田大学卒業後、編集者を経て翻訳家に。おもな訳書にアーチャー『ロスノフスキ家の娘』『運命の時計が回るとき ロンドン警視庁未解決殺人事件特別捜査班』(ハーパーBOOKS)、フォレット『大聖堂 夜と朝と』(扶桑社)、ネスボ『ファントム 亡霊の罠』(集英社)など。

ハーパーBOOKS

遥《はる》かなる未踏峰《みとうほう》 下

2024年4月20日発行　第1刷

著　者　ジェフリー・アーチャー

訳　者　戸田裕之《とだひろゆき》

発行人　鈴木幸辰

発行所　株式会社ハーパーコリンズ・ジャパン
東京都千代田区大手町1-5-1
04-2951-2000(注文)
0570-008091(読者サービス係)

印刷・製本　中央精版印刷株式会社

ISBN978-4-596-77598-6